KB123791

위대한 항해

위대한 항해 7

2023년 10월 16일 초판 1쇄 인쇄
2023년 10월 19일 초판 1쇄 발행

지은이 이윤규
발행인 강준규

기획 이기헌 왕소현 임동관 박경무 강민구 조익현
책임편집 최전경
마케팅지원 이원선

발행처 (주)로크미디어
출판등록 2003년 3월 24일
주소 서울시 마포구 마포대로 45 일진빌딩 6층
Tel (02)3273-5135 **Fax** (02)3273-5134
홈페이지 rokmedia.com **E-mail** rokmedia@empas.com

값 9,000원

ISBN 979-11-408-1036-9 (7권)
ISBN 979-11-408-1029-1 04810 (세트)

위대한 항해

이윤규 대체역사 소설

조청전쟁

CONTENTS

1장

대진의 목소리는 처음에는 차분했다. 그러나 설명이 끝날 무렵에는 크고 분명해졌다.

"……그래서 우리 조선은 내년 초 고토를 수복하기 위한 대업을 시작하려고 합니다."

해리 파크스가 잠시 말을 못 했다.

"……으음! 갑작스러운 말씀이라 뭐라 드릴 말이 없군요."

"그러실 겁니다. 그러나 북벌은 우리 조선에서 아주 오래전부터 추진되어 온 국가 대사라는 점을 알아주셨으면 합니다."

"오래전부터라고요?"

"예. 따지고 보면 200여 년이 넘었습니다."

"그렇군요. 그러던 일이 이즈음부터 본격화되었다는 말씀이군요."

"맞습니다. 몇 년 전부터 체계적이고 본격화되었지요."

해리 파크스는 고개를 저었다.

"조선은 알수록 오리무중인 나라입니다. 다른 나라는 과거의 일을 그냥 덮으려는 경향이 많습니다. 그런데 조선은 철저하게 과거를 짚고 넘어가네요. 일본도 그렇지만 청국도 그렇고, 또 프랑스와 미국에도 그렇고요."

대진은 분명히 밝혔다.

"우리 조선은 은원을 분명히 합니다. 그래서 원한도 잊지 않지만 은혜도 절대 잊지 않습니다. 만일 귀국이 본국의 고토 수복을 인정해 준다면 저는 귀국에 유리한 조언을 해 드리려고 합니다."

해리 파크스가 관심을 보였다.

"인정만 해 주면 유리한 조언을 해 준다고요?"

"그렇습니다."

해리 파크스가 솔직히 밝혔다.

"좋습니다. 솔직히 우리가 귀국의 고토 수복을 막을 이유는 없습니다. 그런데 우리에게 좋은 조언을 해 준다면 더욱 막을 이유가 없지요."

"귀국이 청국으로부터 홍콩 섬과 구룡반도의 일부 지역을 할양받아 개발을 하고 있지요?"

"그렇습니다."

"그 지역이 좁아서 개발에 상당한 어려움을 겪는 것으로 아는데요."

"맞습니다. 우리 영국은 홍콩을 대대적으로 개발하고 있습니다. 그런데 청국으로부터 할양받은 지역이 너무 좁아 개발하기가 어렵더군요. 그래서 청국과 구룡반도의 나머지 지역을 조차받기 위한 협상을 추진하려는 중입니다."

"그 협상을 잠깐 중지하시지요. 그런 뒤 본국이 북벌을 진행하며 청국을 압도하면 적당한 시기를 봐서 중재에 나서는 겁니다. 그러면서 중재의 대가로 조차가 아닌 할양을 받아 내세요."

해리 파크스의 눈이 커졌다.

"조차가 아닌 할양을 받아 내라고요?"

"그렇습니다. 본국은 만리장성의 북부 지역만을 원합니다. 그러나 전쟁을 하다 보면 필연적으로 북경과 직례와 황하 이북을 장악할 수밖에 없습니다. 그러면 어떻게 되겠습니까?"

해리 파크스가 바로 말을 받았다.

"청국이 전쟁에 승리할 자신이 없다면 분명 중재를 요청하겠지요. 아니면 우리 영국이 적절한 시기에 나서서 중재를 제안하면 되고요."

대진이 크게 고개를 끄덕였다.

"바로 그겁니다. 청국은 절대 우리를 이겨 내지 못합니다. 그리고 우리도 북경 일대를 장악할 계획이 없고요. 그러나 청국을 압박하기 위해 황하 이북을 우선은 점령하게 될 겁니다. 그렇게 되면 청국으로선 난감한 지경에 처할 수밖에 없습니다."

해리 파크스도 적극 동조했다.

"그렇겠지요. 자신들의 무력으로 조선을 이길 수 없다면 고립무원의 처지가 되겠지요. 지금의 청국을 누구도 무력으로 도와주지 않을 터이니 말입니다."

"그렇습니다. 바로 그때 영국이 중재자로 나서는 겁니다. 그래서는 적당히 의견을 조율해 주면서 본국이 철수할 수 있는 명분을 만들어 주시면 됩니다."

"그런데 청국이 반격을 못 하면 그냥 점령해도 되지 않나요?"

대진이 고개를 저었다.

"우리는 우리의 고토가 필요한 것이지 대륙의 다른 지역이 필요한 것이 아닙니다."

"아! 그래요?"

"예, 그리고 과한 욕심은 필연적으로 화를 불러온다는 사실도 잘 압니다."

해리 파크스가 크게 고개를 끄덕였다.

대진이 말을 이었다.

"그래서 저희는 영국이 중재한다면 못 이기는 척 종전 협상을 하면서 만리장성 이북으로 병력을 물릴 것입니다. 그렇게 되면 영국의 중재가 대성공으로 비치지 않겠습니까?"

"그렇겠지요. 충분히 중국을 완전 굴복시킬 수 있음에도 병력을 철수한다면 그렇게 되겠지요."

"그런 중재의 대가로 구룡반도의 나머지 지역을 아예 할양받으세요. 그러면 영국은 대륙에 완전한 교두보를 확보하게 될 것입니다. 그리고 그 공은 오롯이 공사님의 몫이 되는 것이고요."

대진의 목소리가 은근해졌다.

"만일 그렇게 된다면 지금의 기사 작위를 넘어 남작 이상의 작위도 노려 볼 만합니다. 그리고 홍콩총독도 마찬가지고요."

해리 파크스가 침을 꿀꺽 삼켰다.

영국에서 공사와 총독은 레벨이 다르다. 그런데 대진의 말대로만 된다면 홍콩총독도 그저 꿈만은 아니었다.

"하! 그렇게만 된다면 더없이 좋은 일이지요."

"그러니 기대하십시오. 내년에 대업이 시작되면 공사님에게 분명 기회가 오게 될 것입니다."

몇 번 고개를 끄덕이던 해리 파크스가 질문했다.

"조선은 만리장성 북부 지역만 원하는 겁니까?"

"대만은 넘겨주도록 협상해 주십시오."

"대만이오?"

"그렇습니다. 우리 조선이 일본으로부터 류큐 지역을 할양받은 사실을 알고 계시지요?"

"그렇습니다."

"만일 대만까지 넘겨받게 된다면 청국의 대외 진출에 상당한 제약을 주게 됩니다. 영국의 입장에서도 청국의 해군력이 강성해지는 것을 결코 바라지는 않을 것입니다."

"그야 당연한 말씀이지요."

"그리고 과거에 있었던 전쟁에 대한 배상과 만리장성에 대한 권리를 본국이 소유할 것입니다. 그리고 그 외의 나머지에 대해서는 크게 특별한 사항이 없습니다."

해리 파크스가 크게 고개를 끄덕였다.

"그 정도 조건이라면 충분히 중재가 가능하겠네요. 청국의 입장에서도 황하 이북보다 대만을 넘겨주는 것이 훨씬 유리할 터이니 말입니다. 그런데 청국이 만주를 포기할까요?"

"포기할 수밖에 없습니다. 그러지 않으면 호시탐탐 남진을 노리는 러시아에게 각종 이권을 넘겨주다가 결국 만주 전체를 넘겨주게 될 것입니다."

러시아라는 말이 나오자 해리 파크스의 표정은 더없이 굳어졌다.

"러시아가 남진하는 것만은 무조건 막아야지요."

"그렇습니다. 그리고 이건 비밀인데…… 대업이 끝나고 나면 우리는 러시아와 협상해서 연해주와 그 일대도 돌려받을 계획입니다."

그 말에 해리 파크스가 재차 큰 관심을 보였다.

"러시아가 그 지역을 돌려주겠습니까?"

"1860년 러시아가 북경조약으로 가져간 지역은 본래 고구려와 발해의 강역이었습니다. 그래서 청나라는 별다른 고민도 없이 그 지역을 넘겨주었던 것이지요."

"아! 그랬군요. 어쩐지 중재의 대가로 너무 큰 영토를 넘겨주었다고 생각은 했습니다. 그런데 러시아가 돌려주려고 할까요?"

해리 파크스의 질문에 대진이 한숨을 내쉬었다.

"후! 그래서 걱정입니다. 우선은 최대한 노력을 해 봐야지요. 그리고 그 일은 대업이 완수된 이후의 일이어서 아직은 신경을 쓰지 않고 있습니다."

"맞습니다. 일이란 것이 순서가 있기 때문에 선후를 잘 따져야지요."

대진이 공사를 바라봤다.

"어떻게, 제가 드린 제안에 동의하십니까?"

해리 파크스가 바로 고개를 끄덕였다.

"그런 중재안이라면 언제라도 나설 수 있겠습니다."

대진이 손을 내밀었다.

"감사합니다. 분명 영국에도 큰 도움이 될 것입니다."

해리 파크스가 대진의 손을 굳게 잡았다. 그런 그의 표정은 그 어느 때보다 환했다.

청국 북경.

이홍장의 북경 저택에 그의 측근들이 모였다. 이들 대부분은 군 지휘관들로 서태후가 강남철도를 승인해 준 사안에 대해 성토하고 있었다.

위여귀(衛汝貴)가 먼저 나섰다.

"대인, 철도는 국가기간산업입니다. 그런데 어찌 상인에게 철도부설권을 넘겨준단 말입니까?"

오장경(吳長慶)이 문제를 지적했다.

"호광용이 상인이라고 해도 종1품의 품계를 받은 홍정상인입니다. 그런 호광용을 단순한 상인으로 볼 수는 없어요."

위여귀가 반박했다.

"제가 그걸 왜 모르겠습니까? 모두 아시다시피 호광용은 섬강총독인 좌종당 대인의 오랜 측근입니다. 그런 호광용에게 철도부설권을 넘겨주었다는 것은 좌 대인에게 날개를 달아 준 형국이 아닙니까?"

이홍장이 고개를 저었다.

"그렇다고 해도 이미 결정된 일을 번복할 수는 없네."

오장경이 동조했다.

"맞습니다. 태후께서는 우리 북양군이 강성해지는 것을 경계하십니다. 그래서 우리를 견제하는 의미에서 강남철도 부설권을 호광용에게 넘겨주었을 가능성이 높습니다."

이홍장이 인상을 썼다.

"나도 그렇다는 생각이 들었네. 그래서 귀관들을 이리 모

신 것이야."

장지동이 고개를 숙였다.

"죄송합니다. 공연히 제가 철도부설권을 협의해 오는 바람에 대인의 심기를 어지럽혔습니다."

이홍장이 손을 저었다.

"아니요. 북경과 천진 노선은 우리 북양군의 발전을 위해서라도 중요한 일이오. 문제는 호광용이 좌종당 대인의 위세를 등에 업고 강남철도부설권을 받아 간 것이오. 그러니 장 대인이 너무 마음 쓸 필요 없소이다."

"그래도 저 때문에 일이 불거진 것 같아 송구하기 짝이 없습니다."

"그보다 투자자는 모집을 마쳤소?"

"그렇습니다. 이번 일이 있기 전까지는 투자를 망설이던 사람들도 모조리 투자하겠다고 나섰습니다. 그 바람에 처음 계획했던 액수보다 훨씬 많은 금액이 모였사옵니다."

"강남철도부설 허가가 철도의 중요성을 각인시켜 준 결과가 되었구나."

"그렇습니다."

정여창(丁汝昌)이 나섰다.

"장지동 대인, 철도를 민간 자본을 부설하자는 제안을 조선의 관리가 제안했다고요?"

장지동이 대답했다.

"그렇습니다. 젊은 관리로 왕실특별보좌관이란 직책을 가진 자였습니다."

정여창이 고개를 갸웃했다.

"그런 직제도 있습니까?"

"북양대신께는 보고를 드렸지만, 조선은 조정 직제도 대폭 바뀌었고 관복도 이전과는 판이하게 바뀌었습니다. 그러다 보니 우리에게는 없는 관직도 여럿 있는 것으로 압니다."

엽지초(葉志超)가 문제를 제기했다.

"있을 수 없는 일입니다. 속방(屬邦)인 조선이 그런 일을 하려면 종주국인 우리 청국의 허락을 받아야 하는 거 아닙니까?"

위여귀도 적극 동조했다.

"맞는 말씀입니다. 조정의 직제나 관복의 제정은 당연히 종주국의 허락을 받아야 하는 사안입니다. 그럼에도 자의로 교체했다면 이는 단단히 책임을 추궁해야 할 사안입니다."

이홍장도 동조했다.

"맞는 말씀이오. 당연히 추궁해야 할 일이고말고! 그뿐만 아니라 조선은 연초에 영국을 시작으로 서양 각국과 수교를 맺고 있소이다. 이런 외교 문제 또한 종주국인 우리 청국의 허락을 받고 추진해야 함에도 자의로 일을 처리하고 있소이다. 이런 조선을 강력하게 제재하지 않는다면 필경(畢竟) 황망한 일을 경험할 수가 있소이다."

정여창이 바로 나섰다.

"대인께서는 조선을 제재해야 한다고 생각하시는 것입니까?"

이홍장이 고개를 끄덕였다.

"그렇소이다. 조선을 이대로 그냥 놔두었다가는 종주국인 우리 청국의 위신에 큰 흠집을 낼 가능성이 높소이다. 그러니 일이 더 커지기 전에 제재를 가하는 편이 맞는 것 같소이다."

"제재를 가하려면 태후 폐하의 재가가 있어야 하지 않겠습니까?"

"당연히 그래야겠지요."

"그러면 어떤 식으로 제재를 가하려고 하십니까?"

이홍장이 단호히 대답했다.

"흠차대신을 다시 파견할 생각이오."

모두가 놀랐다.

장지동이 이의를 제기했다.

"대인, 흠차대신을 연이어 파견한 경우는 지금까지 한 번도 없었습니다."

"나도 그런 사실을 모르지 않아요."

"헌데 그런 선례가 없는 일을 어찌하시려는지요?"

이홍장이 눈을 빛냈다.

"선례가 없다면 새로 만들면 됩니다. 장 대인의 보고서에도 조선에는 우리 청국에 없는 신문물이 많다고 했소. 그리고 이번 일을 놓고 봤어도 조선에서 얻어 올 게 한둘이 아닐 것이오."

"조선의 신문물을 공출하시겠다는 겁니까?"

"공출할 수 있으면 하고, 알아낼 수 있는 것이라면 사람을 보내서 알아 와야지요."

이홍장이 노골적으로 탐욕을 부렸다. 그런 모습을 본 장지동이 우려했다.

"대인, 조선이 반발하지 않겠습니까?"

쾅!

이홍장이 탁자를 쳤다.

"말도 안 되는 소리! 제후국이 감히 종주국의 조치에 무슨 이의를 단단 말씀이오?"

"조선이 비록 제후국이지만 지금까지 단 한 번도 우리의 도움을 받은 적이 없는 나라입니다. 그런 조선에 무리한 요구를 할 수는 없습니다."

그 말에 이홍장의 표정이 단호해졌다.

"지금까지 우리 청국은 조선에서 예물을 바치면 늘 더 많은 하례 물품을 내려 주었소이다. 더구나 명나라처럼 내정간섭도 하지 않고 공출도 요구하지 않아 왔소이다. 한데 그래서인지 요즘 들어 우리 청국을 무시하는 경향이 아주 커졌어요."

위여귀가 적극 동조했다.

"맞는 말씀입니다. 배려가 지속되면 그걸 권리로 생각하게 됩니다. 이번 기회의 조선의 잘못된 처사를 바로잡아야 합니다. 그리고 우리에 도움이 되는 것이 있다면 당연히 받

아 와야 하고요."

장지동이 즉각 반대했다.

"불가한 일입니다. 조선에서 새롭게 개발되는 문물은 전부 민간에서 만들고 있습니다. 그런 것을 무슨 수로 받아 온단 말씀입니까?"

위여귀가 고개를 저었다.

"그걸 왜 우리가 고민해야 합니까? 우리는 필요한 것이 있으면 받아 오면 됩니다. 그에 대한 해결은 조선 조정이 알아서 하겠지요."

이홍장이 거들었다.

"맞는 말이오. 내부의 일은 내부에서 해결하면 될 일. 우리는 우리의 일만 처리하면 될 거요."

"대인, 이번 기회에 천연두 예방접종약도 제조 방법을 알아 오도록, 아니 제조하는 의원을 데려오도록 하겠습니다."

이홍장이 크게 기뻐했다.

"오! 그거 좋은 생각이다. 그렇지 않아도 호광용이 조선에서 들여온 그 약으로 사세를 확장하고 있다는 말을 들었는데 잘되었소이다."

이 말에 이어 다른 자들도 속속 무엇을 가져오자는 의견을 냈다. 이홍장은 그런 의견에 연신 고개를 끄덕이며 동조했다.

이때 이 모습을 보던 장지동이 고개를 저었다.

"모두 큰일 날 말씀들만 하십니다. 조선이 과거의 조선이 아님을 왜 모른단 말입니까? 조선이 일본과의 전쟁에서 압승을 거뒀다는 사실을 설마 잊으신 것은 아니겠지요?"

순간 방 안이 싸해졌다.

이홍장이 다시 탁자를 쳤다.

쾅!

"장 대인은 말을 삼가시오. 조선이 일본을 이겼다고 해도 조선은 조선이오."

위여귀가 적극 동조했다.

"맞습니다. 조선이나 일본이나 거기서 거기인 나라입니다. 도토리가 키 재기를 한다고 해서 호박이 되는 것은 아닙니다."

"그렇지 않습니다."

장지동이 다시 만류하려고 했다. 그것을 이홍장이 손을 들어 제지했다.

"그만하시오. 장 대인의 우려를 내 모르는 바는 아니오. 허나 지금의 조선을 그대로 놔둘 수는 없는 일이오. 허니 흠차대신을 파견해 저들이 보유한 기술력을 빼 오도록 합시다."

"대인, 그러다 조선이 우리와 완전히 척질 수도 있사옵니다."

이홍장이 코웃음을 쳤다.

"흥! 동쪽의 속국과 척진다고 해 봐야 우리 청국에 무슨 문제가 생기겠소. 그리고 조선은 우리 청국의 그늘을 벗어나서는 살 수가 없는 나라요."

엽지초가 동조했다.

"맞는 말씀입니다. 조선이 요즘처럼 먹고살 만해진 것은 몇 년 전 상해직교역을 허용하고부터입니다. 만일 조선이 우리의 요구를 들어주지 않는다면 직교역을 막아 버리면 됩니다."

탕!

이홍장이 다시 탁자를 쳤다. 그러나 이번은 지난 두 번과는 전혀 다른 감탄에 따른 행동이었다.

"그거 아주 좋은 지적이오. 조선이 우리 요구를 들어주지 않는다면 태후 폐하께 고해서 상해 교역을 당장 막아 버리면 되겠어."

"그렇습니다. 그렇게 되면 조선이 우리 요청을 들어주지 않을 도리가 없을 것입니다."

나름대로 절묘한 방법이었다. 그러자 장지동을 제외한 참석자들은 하나같이 최고의 방안이라고 입을 모았다.

그러나 장지동은 달랐다.

그는 조선을 전부 둘러보지는 않았다. 그럼에도 자신이 알고 있던 나라가 아니란 정도는 확인했다.

더구나 대진을 비롯한 조선의 관리들은 북경을 찾는 사신들과는 전혀 달랐다. 장지동은 특히 대진의 당당한 모습이 지금도 눈에 선했다.

그러나 끝까지 아니라는 말을 할 수가 없었다. 이미 이홍장이 마음을 굳힌 상황이었으며, 상해직교역까지 들먹이는 상황이었다.

'후! 큰일이구나. 이런 식으로 진행하다간 사달이 날 게 분명한데…….'

이런 걱정을 하다 보니 안색이 흐려졌다. 이홍장은 장지동의 안색을 보고는 혀를 찼다.

"쯧! 장 대인은 여전히 걱정이 많은가 봅니다."

장지동이 두 손을 모았다.

"송구합니다. 제가 본래 걱정이 많은 성격이어서 그런가 봅니다."

"허허! 그거 참."

이홍장은 본래 장지동을 다시 흠차대신으로 보낼 생각을 갖고 있었다. 그러나 장지동의 태도를 보고는 그런 생각을 접어 버렸다.

이홍장이 오장경을 바라봤다.

"오 대인이 흠차대신으로 조선을 다녀오시오."

오장경이 두말하지 않았다.

"그렇게 하겠습니다."

이후 난상토론이 진행되었다.

회의를 마친 장지동이 하인이 끄는 마차에 몸을 실었다. 그렇게 집으로 돌아오는 동안 장지동의 머릿속은 무수한 생각이 스쳐 지나갔다.

집으로 돌아와서도 그는 방 안을 서성이며 고심했다. 그렇게 얼마의 시간이 지나 마침내 장지동이 결정했다.

"밖에 누구 있느냐?"

대기하고 있던 하인이 들어왔다.

"너는 가서 조선의 철도 기술자 중에서 책임자를 불러오도록 해라."

"예, 나리."

얼마 후.

철도 기술자가 통역관과 함께 들어왔다.

"찾아 계십니까?"

"오늘은 긴히 할 말이 있어서 불렀네."

장지동이 사정을 설명했다.

"……해서 이번에는 미리 통보를 하지 않고 흠차대신이 불시에 조선을 찾을 것이네. 그러니 자네는 이런 사정을 하루 빨리 조선에 알려 주도록 하게."

철도 기술자는 마군 출신이었다.

해군부사관 출신인 철도 기술자는 대번에 위기를 감지했다. 그러면서 장지동이 고심 끝에 사정을 알려 준 것에 감사했다.

그가 두 손을 모았다.

"대인의 은혜를 잊지 않겠습니다."

"아닐세. 나는 청국과 조선이 잘 지내기를 바라는 마음뿐이야. 그런데 이번 일로 인해 양국의 의가 상할까 걱정이네.

허니 이러한 내 마음까지 잘 전해 주도록 하게."

"명심하겠습니다."

철도 기술자는 몇 번이나 고마워하며 물러갔다. 그를 내보낸 장지동이 길게 한숨을 내쉬었다.

"하! 나도 조선의 신문물을 얻어 내고는 싶다. 허나 강제로 빼앗는 것은 물리적으로 불가능하다는 사실을 내 눈으로 똑똑히 확인했다. 그런데도 북양대신은 이전의 조선만 생각하고 무리하고 있으니 큰일이구나."

장지동이 몇 번이나 한숨을 내쉬었다.

장지동의 집을 나온 철도 기술자는 그길로 말을 달려 천진으로 내려왔다. 천진에는 철도 자재를 갖고 들어온 선박이 정박해 있었다.

철도 기술자는 사정을 설명하고는 그날 바로 배를 탔다. 그렇게 천진을 출발한 철도 기술자는 사흘 만에 제물포에 도착했다.

다음 날.

바로 어전회의가 열렸다.

국왕이 용상의 팔걸이를 쳤다.

"이게 대체 말이 되는 소리요! 우리가 지금까지 청국을 상국으로 모셔 왔어도 그렇지, 어떻게 우리 기술을 강탈해 갈

생각을 할 수 있는 겁니까?"

수상 홍순목이 씁쓸해했다.

"그만큼 청국이 우리 조선을 낮춰 보고 있다는 방증이지요."

"아무리 그래도 그렇지, 이건 아닙니다."

대원군이 한숨을 내쉬었다.

"후! 참으로 분통이 터질 일이구나. 우리 조선이 힘이 없었다면 눈 뜨고 기술을 강탈당할 뻔했어."

국왕이 고개를 저었다.

"우리가 힘이 없으면 어쩔 뻔했습니까? 힘을 갖추지 못한 부자는 강도를 당할 수밖에 없다는 말이 이번에 정말 뼈저리게 느껴집니다."

"그러게 말이오."

대진이 나섰다.

"너무 안타까워하지 않으셔도 됩니다. 이번 일을 달리 생각하면 우리에게는 너무도 좋은 기회입니다."

국왕의 용안이 커졌다.

"그게 무슨 말씀입니까? 너무도 좋은 기회라니요?"

"우리는 내년 봄 거병을 준비해 오고 있습니다. 그런 우리에게 이번 일은 거병의 중요한 명분이 될 것입니다."

그 말에 대원군이 탄성을 터트렸다.

"아아! 그렇구나. 명분 축적에 이보다 좋은 일이 없겠구나!"

"예, 청국의 흠차대신이 무례할수록 우리에게는 더 좋습니다. 그리고 이번에는 청국 흠차대신의 무례를 절대 그냥 넘기면 아니 되고요."

대원군이 말을 받았다.

"흠차대신이 더 무례해지도록 분위기를 만들자는 말이구나."

"그렇습니다. 그리고 우리는 이번에 아주 중요한 사실을 알게 되었습니다."

"그게 무언가?"

"청국의 북양대신 이홍장은 직례총독을 겸하고 있습니다. 그런 이홍장이 관할하는 구역이 직례와 봉천, 그리고 산동입니다. 그렇기에 그는 우리가 북벌을 진행하는 데 있어서 가장 중요한 적장입니다. 그런 이홍장이 우리 조선을 얕잡아 보고 있다는 사실을 이번에 알게 되었습니다."

국왕의 용안이 환해졌다.

"그렇군요. 이홍장이 우리를 얕잡아 본다는 것은 우리의 승리가 그만큼 더 확실해졌다는 뜻이로군요."

"맞습니다. 저들이 단단히 준비해도 우리는 박살 낼 자신이 있습니다. 그런데 가장 중요한 적장이 우리를 얕보고 이런 모략을 꾸몄습니다. 그런 상황을 유추해 보면 이번 북벌에서는 일본과의 전쟁에서 보다 더 확실한 승리를 거둘 수 있을 것입니다."

국왕이 파안대소했다.

"하하하! 이 특보의 말을 들으니 답답했던 과인의 가슴이

뻥 뚫립니다."

대원군도 기꺼워했다.

"이 특보의 말대로만 된다면 우리의 대업 성공은 여반장이 될 수 있겠구나."

대진이 조심스러워했다.

"전쟁에서 적을 얕잡아 보는 것만큼 위험한 일은 없습니다. 그러나 장지동 대인의 말이 사실이라면 우리는 한 고비를 이미 넘긴 셈이 됩니다. 그러나 이 또한 반간계일 수 있으니 흠차대신이 올 때까지는 철저하게 조심해야 할 것입니다."

홍순목이 적극 동조했다.

"옳은 말씀이네. 어떠한 경우에도 자만하거나 방만하게 병력을 운영하면 안 돼."

"맞는 말씀입니다."

대원군이 정리했다.

"자! 그러면 흠차대신을 어떻게 상대해야 할지를 논의해 봅시다."

"예, 저하."

새해가 밝았다.

1880년, 이해는 정초부터 바빴다.

새해가 되자 대진은 처와 함께 입궐했다. 그리고 국왕과 왕비에게 각각 새해인사를 했다.

운현궁에도 들러 인사를 했다. 그리고 손인석의 저택과 장병익 등의 저택을 일일이 찾아다니며 세배했다.

지난해 대진을 비롯해 남아 있던 사람들 대부분이 결혼했다. 그 바람에 세배를 드리느라 사흘의 연휴를 바쁘게 보내야 했다.

새해 인사가 끝나자 대진은 흠차대신을 맞는 준비를 했다. 국왕이 직접 대진에게 영접사의 임무를 맡겼기 때문이다.

신년하례회도 지난해에 이어 열렸다. 이 행사에 일본에서 지난해와 마찬가지로 친왕을 파견했다.

이렇게 정초를 넘길 즈음.

의주에서 급전이 날아왔다. 흠차대신이 봉성에 도착해 이틀 후 압록강을 건넌다는 전보였다.

2장

청국에서 사신을 보내면 성경 조정에서 미리 전령을 보내왔다. 그래야 조선에서 사신을 맞을 준비를 하기 때문이다.

그러지 않으면 사신을 맞는 데 많은 혼란을 겪을 수 있다. 그래서 예고도 없이 사신을 보내는 경우는 그동안 없었다.

그런데 이번에는 달랐다.

청국이 예고도 없이 흠차대신을 파견한 것이다. 그래서 본래라면 조선은 크게 당황해야 했다.

그러나 그런 일은 일어나지 않았다.

조선이 미리 준비하고 있던 터라 발 빠르게 대응했기 때문이다. 그래서 전보를 받자마자 외무대신 심순택과 대진이 당일 의주로 올라갔다.

"어서 오십시오."

오장경은 당황했다.

그는 갑작스러운 통보에 의주부윤이 허둥대며 자신을 맞을 줄 알았다. 그런데 압록강을 넘어와 보니 영접사가 통역과 함께 대기하고 있었다.

'이거 어떻게 된 거야? 조선에서 내가 온다는 것을 사전에 알고 있었던 거야?'

오장경이 헛기침을 했다.

"어험! 내가 온다는 사실을 사전에 알고 있었던 거요?"

물론 알고 있었다. 그러나 그걸 그대로 말해 줄 대진과 심순택이 아니었다.

대진이 나섰다.

"우리 조선에는 의주에서 한양까지 기차가 개통되어 있습니다. 그래서 한양에서 반나절이면 의주에 도착할 수 있지요."

오장경도 조선에 기차가 운행되고 있다는 사실은 알고 있었다. 그러나 그런 말을 직접 들으니 절로 눈을 크게 뜰 수밖에 없었다.

"내가 알기로 의주와 한양은 1,000여 리가 넘소. 그런 거리를 하루도 아니고 반나절 만에 도착한다고 했소?"

"그렇습니다. 본래대로라면 반나절이 더 걸릴 테지만 대인을 맞이하기 위해 특별열차를 편성했지요."

"으음! 그렇구나."

심순택이 나섰다.

"그런데 어인 일로 청국에서 사신을 연이어 파견한 것입니까?"

오장경이 가슴을 폈다.

그러자 동행한 관리가 한발 앞으로 나섰다. 청국 관리는 가져온 나무 상자에서 문서를 꺼내 펼쳤다.

"모두 인사하시오. 여기에 계신 대인은 황명을 받고 온 흠차대신이오."

심순택이 문서를 확인했다. 그러고는 청국의 예에 따라 옷을 털고는 천천히 무릎을 꿇었다.

그러자 역관과 호종하는 관리들도 일제히 무릎을 꿇었다.

대진은 무릎을 꿇기 싫었다. 어차피 이번 흠차대신은 북벌의 빌미를 제공하는 존재에 불과했다.

그러나 처음부터 자신 때문에 일을 그르칠 수는 없었다.

심순택이 두 손을 모았다.

"조선의 외무대신 심순택이 청국의 흠차대신을 뵙습니다."

오장경이 한발 나섰다.

"나는 이번에 황명을 받은 산동제독 오장경이오."

"오 대인을 뵙습니다."

"일어나시오."

"감사합니다."

대진은 흠차대신이 처음부터 책을 잡을 줄 알았다. 그러나 오장경은 복식도 조선의 바뀐 직제도 일체 거론하지 않았다.

심순택도 그런 점을 모르지 않았다.

그러나 모른 척하며 대화를 시작했다.

“흠차대신께서 연이어 오신 경우는 처음입니다. 대체 무슨 일이 있는 것입니까?”

1월 하순의 북방은 춥다.

더구나 압록강변의 날씨는 살을 에는 듯 추웠다. 그래서인지 오장경은 몸부터 추스르려 했다.

“험! 우선은 관아로 올라갑시다.”

“그러시지요. 이리로.”

심순택이 흠차대신을 안내했다.

관아 앞에 대기하고 있던 의주부윤과도 인사를 나눈 뒤 흠차대신을 객사로 안내했다. 의주객사는 미리 불을 때 놓은 덕에 내부가 훈훈했다.

심순택이 차를 권했다.

“드시지요.”

나온 차는 청국 사람이 즐겨 마시는 찻잎을 바로 우려낸 녹차였다. 오장경이 찻잎을 훌훌 불어 가며 한 모금 마셨다.

“아아! 차향이 아주 좋군요.”

“예, 서호(西湖)의 용정차입니다.”

오장경이 눈을 크게 떴다.

“오! 절강의 서호 용정이 여기까지 올라와 있단 말씀이오?”

의주부윤이 설명했다.

“이곳에는 수시로 청국의 칙사가 옵니다. 그래서 칙사를 접대하기 위해 구비해 두고 있지요.”

“그렇군요.”

오장경이 차를 연신 마시며 몸을 녹였다. 심순택이 적당한 때를 기다리다가 나섰다.

“방금 산동제독이라고 하셨는데 수사(水使)이십니까?”

“그렇소이다. 북양군의 산동수군을 맡고 있지요.”

“아! 그렇습니까?”

대진은 그의 옆에 있는 젊은 관리가 눈에 들어왔다. 그래서 그를 바라보며 질문했다.

“이 사람도 오 대인과 같은 수군입니까?”

“아! 그 친구는 내가 데리고 있으면서 병법을 가르치고 있는 부관이오. 인사하라.”

오장경의 말을 들은 젊은 관리가 두 손을 모았다.

“인사드립니다. 원세개(袁世凱)라고 합니다.”

이름을 들은 대진은 깜짝 놀랐다.

‘아니, 이렇게 젊은 사람이 조선을 그렇게나 괴롭혔던 원세개란 말이야? 그렇다면 원래 역사에서 조선에 왔을 때의 원세개의 나이가 이십 대 초반이었다는 거잖아?’

대진이 물었다.

“올해 나이가 어떻게 됩니까?”

“스물하나입니다.”

대진은 기가 막혔다.

'하아! 맞구나, 맞아. 지금이 21살이라면 임오군란이 벌어졌을 때 조선을 찾아온 원세개의 나이가 겨우 23살이야. 그리고 일본과 무력 충돌하면서 갑신정변을 평정했을 때가 겨우 25살에 불과했네. 그렇게 말도 안 되게 어린 원세개가 조선을 좌지우지했다니. 당시의 조선은 대체 어떤 나라였던 거야?'

본래 역사에서 원세개는 임오군란 당시 조선에 넘어왔다. 그러다 갑신장변이 벌어졌을 때 병력을 출동시켜 삼일천하로 막을 내리게 했다.

이 병력 출동으로 이홍장은 원세개를 청국으로 소환했다. 이때의 청국은 일본과의 무력 충돌을 원치 않았기 때문이다.

그러다 이듬해인 1885년.

연금이 해제된 대원군과 함께 다시 조선으로 돌아왔다. 그리고 그해 10월, 원세개는 그동안의 공적을 인정받아 조선 주재 총리교섭통상대신이 된다.

이때 그의 나이는 26살에 불과했다.

총리교섭통상대신이 된 원세개는 거칠 것이 없었다. 개항 중이던 인천 · 부산 · 원산에 분판상무위원을 배치하고는 조선의 세관 수입을 감독한다.

그러면서 고종의 폐위까지 거론하면서 조선 조정에 군림했다. 이때부터 조선 조정은 사안이 생길 때마다 원세개의 간섭으로부터 벗어나지 못했다.

원세개는 외교에도 손을 댔다.

원세개는 청과의 종속 관계를 주장하며 외교 삼원칙을 만들었다. 주재국에 파견된 공사는 먼저 청국 공사에게 보고해야 했다. 그리고 외교 업무를 하려면 청국 공사와 대동해야 했다. 연회가 열리면 반드시 청국 공사의 뒷줄에 앉는 등의 차별을 주었다.

이런 원세개를 조선은 막아 내지 못했다.

국왕이 청국에 원세개의 면직을 간청해도 소용이 없었다. 오히려 이홍장은 그를 더욱더 신임하며 두둔하고 비호했다.

원세개의 가장 큰 패악은 경제였다.

원세개는 조선에 들어와 있던 청국 상인의 뒤를 봐주었다. 그의 비호를 받은 청국 상인들은 무섭게 세력을 키워 갔다. 그 바람에 가뜩이나 어려웠던 조선 경제는 더 피폐해져 버렸다.

패악은 이뿐만이 아니었다.

그는 조선에서 돈이 될 만한 사업이라면 그게 무엇이든 온갖 이유를 대며 개입했다. 그러다 청일전쟁이 발발할 무렵 도망치듯 조선을 떠났다.

그렇게 10년 동안 원세개는 조선에서 국왕 이상의 권한을 휘둘렀다. 가뜩이나 어려운 조선 경제에 거대한 빨판을 꽂고서 온갖 양분을 빨아먹으며 조선을 병들게 만들었던 것이다.

그런 원세개가 지금은 고개를 숙이고 있었다.

대진이 착잡한 얼굴로 그를 바라봤다.

'만일 우리가 없었다면 원세개가 어떻게 했을까? 분명 그는 무너져 가는 조선에 온갖 해악을 다 부리며 마지막 회생의 기운을 끊어 놓았을 거다.'

이런 사정을 알고 있던 대진은 고개를 숙인 원세개가 가증스럽게 보였다. 그러면서 이번의 흠차대신이 오장경이 아니라는 느낌마저 들었다.

그런데 그게 현실이 되었다.

원세개가 입을 열었다.

"그런데 흠차대신에 대한 예우가 이상하군요."

"뭐가 이상하다는 거지요?"

"조선은 본래 우리 대청의 속국이오. 속국의 관리가 어떻게 종주국의 흠차대신과 같은 자리에 앉을 수가 있는 거지요?"

대놓고 지금의 자리를 지적했다.

대진은 원세개가 속국 운운할 때 바로 받아치려고 했다. 그러나 아직은 아니다 싶어서 참았다.

그러나 실내의 공기가 순간적으로 싸해지는 것만은 어쩔 수가 없었다. 오장경도 흠칫했으나 너털웃음을 지으며 어색한 자리를 넘기려 했다.

"허허! 지금 무슨 소리를 하는 게냐? 네 말대로라면 내가 권좌에라도 앉아야 한다는 말이냐?"

"이치가 그렇다는 겁니다. 대인께서는 황명을 받고 오신 것이어서 황상의 현신이라고 해도 과언이 아닙니다."

원세개가 내부를 둘러봤다.

"이곳 의주는 우리 청의 칙사를 모시는 조선의 첫 관아입니다. 그렇다면 당연히 흠차대신을 모실 상석이 마련되어 있어야지요. 헌데 이곳에는 그런 자리는커녕 영접사와 마주 앉도록 되어 있지 않습니까?"

오장경의 안색이 굳어졌다.

"원리원칙을 따진다면 네 말이 맞다. 그러나 세상의 일이 어찌 원칙만을 따질 수 있단 말이더냐?"

그 말에 원세개가 한발 물러섰다. 그가 두 손을 모았다.

"송구합니다. 젊은 치기에 보이는 것만 보았습니다."

오장경이 고개를 저었다.

"아니다. 너를 데리고 온 것은 할 말을 하라고 해서이다. 그러니 앞으로도 문제가 보이면 바로 지적하도록 해라."

"알겠습니다."

오장경이 원세개의 기를 살려 준 꼴이 되었다. 그 바람에 실내의 분위기는 아연 딱딱해졌다.

오장경이 차를 한 모금 마셨다.

"그런데 하나 묻고 싶은 것이 있소."

"말씀하시지요."

"직전 흠차대신에게 듣기로 조선은 직제도 바꾸고 복식도 바꿨다고 들었소이다. 그런 제도를 바꾸려면 먼저 상국에 품신해서 재가를 받아야 하는 거 아닙니까?"

심순택이 양해를 구했다.

"본국이 내부적으로 바꾼 일입니다. 그런 일을 구태여 청국에까지 알릴 필요가 어디 있겠습니까?"

탕!

오장경이 탁자를 내리쳤다.

"말을 삼가시오. 상국의 흠차대신이 거론하는 것은 다 이유가 있어서요. 그런데 경은 어찌 그런 내 말을 무시하는 발언을 하는 거지요?"

"그렇지 않습니다."

"허면 왜 품신하지 않은 것이오?"

"자국의 내부 사정을 귀국에 일일이 보고할 필요는 없지 않습니까? 복식을 바꾸고 직제를 개편하는 일은 자국 내부의 상황입니다."

원세개가 나섰다.

"그러면 조선이 외국과 수교하는 사안은 왜 보고하지 않은 것입니까?"

심순택은 조금도 당황하지 않고 대답했다.

"그 안건 또한 자국 내부의 사정이기 때문이오."

원세개가 버럭 화를 냈다.

"지금 무슨 말씀을 그렇게 하십니까? 그러면 외교 문제조차도 상국에는 아예 보고하지 않아도 된다는 겁니까?"

그러자 상황을 지켜보던 대진이 대번에 나섰다.

"이봐, 원 부관. 그대는 대체 무슨 자격으로 우리 외무대신님을 추궁하는 건가? 내가 듣기로 그대는 단지 오장경 대인의 부관 자격으로 이 자리에 앉아 있는 거잖아."

대진이 거칠지만 정확하게 지적했다. 그러자 역관이 통역을 어떻게 할지 몰라 머뭇대었다.

대진이 그것을 보고 바로 지시했다.

"통역관은 주저하지 말고 내 말을 그대로 전하도록 하시오."

역관이 머뭇거리다가 그대로 통역했다. 그 순간 원세개의 얼굴이 더없이 붉어졌다.

오장경이 와락 안면을 구겼다.

"그대는 대체 누구기에 그런 말을 하는 건가?"

대진이 바로 말을 받았다.

"나는 조선 왕실의 특별보좌관으로 품계는 부대신. 귀국의 시랑이라고 보면 됩니다."

오장경이 순간적으로 흠칫했다. 대진의 품계가 자신이 생각보다 높았기 때문이다.

"아무리 시랑이라고 해도 그렇지, 어찌 흠차대신의 부관을 함부로 대하는가?"

대진이 더 격하게 나갔다.

"흠차대신은 흠차대신의 임무가 있듯이 부관은 부관의 일이 따로 있는 법입니다. 아무리 흠차대신의 지위가 높다고 해도 부관 따위가 호가호위해서는 아니 되지요."

대진의 말에 원세개의 얼굴이 더없이 붉어졌다.

부관이 질책을 당하자 오장경이 화를 버럭 냈다.

"말을 조심하라! 감히 부관 따위라니! 나는 황명을 받고 온 흠차대신이다. 그런 나의 부관에게 그런 말을 함부로 쓰다니. 그대는 정녕 물고가 나 봐야 정신을 차릴 텐가?"

대진은 조금도 개의치 않았다.

"대인! 원 부관의 나이가 이제 겨우 21살입니다. 그런 부관이 무엇이 대단하다고 대인께서 이리 역정을 드는 것입니까? 대인의 말씀대로 대인은 황명을 받고 온 흠차대신입니다."

대진은 대놓고 품위를 지키라며 저격했다. 이 말을 듣는 순간 오장경은 할 말을 잊었다.

원세개가 거세게 반발했다.

"지금 무슨 말을 하는 거요? 부관인 나를 트집 잡아 우리 대인에게 모욕을 주는 겁니까?"

대진이 대놓고 질타했다.

"그래서 말을 조심하라는 거네. 그대는 자신의 행동 때문에 그대가 모시는 흠차대신의 위명에 누를 끼치고 있다는 사실을 모르는가?"

그 말에 원세개가 멈칫했다. 그러고는 바로 오장경의 안색을 살폈다. 그 모습을 본 오장경이 혀를 차며 나무랐다.

"쯧쯧! 그만하라. 지금은 네가 잘못을 했다."

원세개는 내심 억울했다.

그러나 오장경이 그렇다고 하면 그런 것이다. 그는 두 손을 모아 쥐고는 공손히 몸을 숙였다.

"송구합니다, 대인."

"그만 되었다."

오장경이 심순택을 바라봤다.

"하지만 그대들의 논리대로라면 대체 조선에서는 무슨 사안을 본국에 아뢰겠다는 것이오?"

"새로운 주상의 등극이나 왕후 책봉, 그리고 세자 책봉이나 세자빈 책봉 등 왕실의 주요한 일 등은 당연히 아뢰어야겠지요."

"왕실의 일을 제외하면 고할 것이 없다는 거요?"

"나머지 일은 대부분이 본국의 내부 문제라고 생각합니다."

탕!

오장경이 다시 탁자를 쳤다.

"말을 들어 보니 아예 우리 청국을 무시하고 있잖아. 이보시오, 외무대신."

"말씀해 보시지요."

"제후국은 종주국에 모든 일을 보고해야 하오. 그런데 귀국은 일본과 전쟁을 벌였음에도 단 한 차례의 보고도 하지 않았어요."

대진이 바로 나섰다.

"만일 보고했다면 파병 병력을 보내 주었을 겁니까?"

순간 오장경은 당황했다.

“그, 그건, 필요하다면 보내 주었겠지요.”

“본국은 일본군의 20만, 30만, 그리고 50만 명과 세 번에 걸쳐 대규모 전투를 벌였습니다. 그보다 작은 전투는 수도 없이 많았고요. 그런 전쟁을 도우려면 적어도 10만 병력은 보내 주어야 합니다. 그런데 대인께서는 지금의 청국의 능력으로 그게 가능하다고 보십니까?”

대진이 날카로운 지적에 오장경의 답변이 궁색해졌다. 그런 모습을 보며 대진이 말을 이었다.

“제가 알기로 북양군의 병력이 10만 내외라고 들었습니다. 만일 병력을 파병했다면 북양군이 전부 움직였어야 하는데, 그게 가능했을까요?”

오장경이 항변했다.

“전부는 아니지만 절반 이상은 가능했을 것이오.”

대진이 고개를 저었다. 그러고는 핵심 사항을 짚었다.

“아니요, 불가능했을 겁니다. 과거 청나라에는 금군 병력이 10여만 있었습니다. 그런데 지금은 얼마나 있지요?”

“그, 그게…….”

대진이 자문자답했다.

“예, 불과 몇만도 안 될 겁니다. 그것도 전부 만주 귀족의 팔기 병력이어서 허울뿐인 군사력일 것이고요. 그런 상황에서 북양군이 북경을 비우고 파병을 할 수 있다고요?”

"……."

대진이 사실을 정확히 짚어 냈다.

대진의 지적처럼 파병은 결코 쉽지 않은 일이었다. 3만 병력을 만주로 보내라는 서태후의 명도 이홍장이 갖은 핑계를 대며 차일피일하고 있는 상황이었다.

대진이 말을 이었다.

"북양군은 과거의 금군처럼 청국에서 가장 중요한 병력입니다. 그런 병력을 함부로 파병할 수는 없는 일이지요."

그러자 원세개가 다시 나섰다.

"우리 대청에는 북양군만 있는 것이 아닙니다. 강남에 남양군도 있고 섬강에 좌종당 대인의 병력도 있습니다. 두 지역 모두 10여만의 병력을 보유하고 있고요."

대진은 원세개가 자꾸 나서는 것이 반가웠다.

'그래, 그렇게만 해라. 네가 계속 나서야 너를 지근지근 밟아 줄 수가 있어. 그리고 그렇게 해야 이번 일을 오래 끌지 않고 빨리 마무리를 지을 수가 있지.'

대진이 대놓고 쏴붙였다.

"지금 말이 되는 소리를 하고 있는 거요? 남양군과 섬강의 병력이 이곳까지 오려면 얼마나 많은 시간이 걸리는지 알고는 있소?"

원세개의 얼굴이 붉어졌다.

대진이 그를 더 몰아붙였다.

"그리고 두 곳의 병력이 여기까지 온다는 보장을 누가 할 수 있겠소?"

"모두가 대청의 병력입니다. 황명이 떨어진다면 조선이 아니라 더 먼 곳이라도 가야지요."

"양측의 병력이 이곳까지 오려면 적어도 반년에서 1년의 시간이 필요할 거요. 그런데 문제는, 전쟁은 시기가 중요하다는 거요. 만일 우리가 그 병력이 올 때까지 기다렸다면 아마도 그사이 나라가 절단이 나서 만사휴의가 되었을 거요."

"……."

"그 말은 결국 파병하지 않는 거나 다름없다는 의미지요."

심순택이 나섰다.

"그만하시게. 어쨌든 우리는 청국의 도움 없이 전쟁에서 승리했지 않은가."

대진도 동조했다.

"맞습니다. 중요한 것은 우리가 이겼다는 것이지요. 그것도 '청국의 도움 없이'요."

오장경이 얼굴을 다시 붉혔다.

그는 일본과의 전쟁을 아주 좋은 질책거리로 생각하고 있었다. 그런데 대진이 파병을 언급하면서 상황이 이상하게 흘러가 버렸다.

오장경의 얼굴이 붉으락푸르락해졌다. 그런 모습을 바라보던 의주부윤이 적당한 때 나섰다.

"흠차대신께서 많이 피곤하신가 봅니다. 그러니 오늘의 대담은 여기서 끝내도록 하시지요. 그리고 연회가 준비되어 있으니 자리를 옮기시는 것이 어떻겠습니까?"

심순택도 권유했다.

"그렇게 하시지요. 북경에서 이곳까지 오시려면 많이 피곤하셨을 겁니다. 그러니 이만 파하고 음주가무를 즐기러 가시지오."

오장경이 못 이기는 척 응했다.

"험험! 그렇게 합시다."

사람들이 객청으로 자리를 옮겼다.

북풍한설의 1월이어서 밖에서는 연회를 열 수가 없었다. 그래서 객사에서 가장 큰 객청에 연회장이 마련되어 있었다.

날 선 공방을 한동안 주고받았다.

그래서인지 객청으로 자리를 옮겼음에도 누구도 안색을 풀지 않았다. 심순택이 부드러운 표정으로 따끈하게 덥혀진 술잔을 높게 들었다.

"자! 이제 그만 안색들 푸십시다. 지금까지의 대화는 사감이 있어서 그런 것이 아니라 국사를 논의한 것뿐입니다. 그러니 앞에 놓인 술잔을 비우시고 마음들을 푸세요."

심순택의 권유에 모두 잔을 들었다.

심순택이 다시 권했다.

"자 자! 날도 춥고 하니 쭉 비우도록 합시다."

모두들 잔을 비웠다.

대진이 잔을 비우고서 원세개를 바라봤다. 그 순간 자신을 바라보는 원세개와 눈이 마주쳤다.

대진이 술병을 들었다.

"한 잔 받으시겠소?"

원세개가 주춤하다가 잔을 내밀었다.

"주시지요."

이때부터 잔이 돌기 시작했다. 통역을 통해서지만 대진은 원세개와 많은 대화를 주고받았다.

그러면서 대진은 놀랐다.

'이상하네. 이 사람 이거, 세상에 대해서 별다른 지식도 없잖아. 그런데 어떻게 이런 사람이 조선의 10년을 좌지우지해 가면서 나라를 박살 냈던 거야?'

이런 생각이 들 정도로 원세개의 지식은 일천했다.

물론 20대 초반치고는 자세도 당당하고 사람을 압도하는 기질이 있었다. 그러나 그 정도의 기질을 갖고 있는 사람은 세상에 널리고 널렸다.

대진은 그와 대화를 나눌수록 느껴지는 것이 있었다.

'하, 그랬구나. 자리가 사람을 만든 거였어. 지식도 일천하고 경험도 없는 원세개가 권력을 쥐는 바람에 조선의 10년이 엉망진창이 되었던 거야. 그렇다고 몇천 명의 청국 병력을 쫓아낼 군사력도 없는 조선은 어쩔 수 없이 끌려다녔던 것이고.'

생각할수록 기가 막혔다. 그리고 그런 원세개가 이번에 오게 된 것이 대진으로선 너무도 기뻤다.

'그래, 두고 보자. 네 지식이 얼마나 알량한지를 조선에 있으면서 두고두고 경험하도록 해 주마.'

속으론 이런 다짐을 하면서도 겉으로는 웃으면서 술을 따랐다. 덕분에 이날의 술자리는 시간이 지날수록 화기애애해졌다.

다음 날.

오장경과 원세개가 기차를 탔다.

기차를 탄 두 사람의 반응은 첫 번째 흠차대신인 장지동과 다르지 않았다. 이들은 모든 것을 신기해했으며 궁금해하지 않는 것이 없었다.

흠차대신을 한 번 경험했던 심순택은 노련하게 설명해 주었다. 그런 설명에 두 사람은 더욱더 철도에 매료되어 정신을 못 차렸다.

겨울 해는 짧다.

그래서 기차가 도착했을 때는 날이 완전히 어두워져 있었다. 대진은 두 사람을 마차로 남별궁까지 안내하고는 밤이 너무 늦어 바로 돌아갔다.

이날 저녁.

오장경이 주안상을 놓고 자작했다.

그러던 오장경이 원세개를 바라봤다.

"너도 한잔할 테냐?"

"주시면 받겠사옵니다."

"오냐, 이리 와서 한잔해라."

원세개가 조심스럽게 마주 앉았다. 오장경이 그의 잔에 술을 따르며 질문했다.

"네가 보기에 이번 일이 어떻게 될 것 같으냐?"

원세개가 조심스럽게 입을 열었다.

"솔직히 쉽지 않아 보입니다."

"너도 그렇게 생각하고 있구나."

"예, 소인이 아는 상식으로는 속국이라면 흠차대신에게 무조건 머리를 조아려야 합니다. 그런데 조선의 누구도 그런 모습을 보이지 않습니다. 오히려 우리 잘못을 들어 추궁까지 하고 있지요. 속국의 신하가 보이는 모습이라기에는 도무지 믿기지가 않습니다."

오장경도 고개를 끄덕였다.

"그래, 맞다. 우리를 맞은 조선의 신하들이 너무도 당당했어. 그뿐만 아니라 해괴한 논리로 무장되어 있어서 말로서는 이기기가 어렵겠구나."

"허면 어찌하실 요량입니까?"

"그렇다고 그냥 당하고만 있을 수는 없지. 내일부터는 이런저런 트집을 잡아 저들을 압박해야겠다."

원세개가 조심스러워졌다.

“그러다 거꾸로 저들의 논리에 당하는 것은 아닐는지요?”

오장경이 코웃음을 쳤다.

“흥! 그렇다고 뭐가 바뀌겠어? 그러니 자네도 때를 봐 가면서 큰소리를 치도록 해라. 토론이 시작된다면 어떠한 일이 있더라도 절대 물러서서는 안 된다. 알았지?”

“명심하겠습니다.”

“그리고 우리가 온 목적은 조선이 보유한 기술력을 받아내는 거야. 그러니 쓸데없는 데에서 감정을 소모하지는 않도록 해라.”

“예, 대인.”

이러한 두 사람의 대화는 도청장치 덕분에 그대로 포착되었다. 그리고 그 정보는 고스란히 대진에게 전달되었다.

다음 날.

대진은 이른 아침 먼저 운현궁을 찾았다. 그리고 전날 밤 남별궁에서의 대화 내용을 전해 주었다.

대원군도 이미 알고 있는 사안이었다. 그럼에도 대놓고 탐욕을 부리고 있는 사실에 어이가 없었다.

“이놈들이 대놓고 욕심을 부리고 있구나.”

대진이 동조했다.

“그렇습니다. 지금 분위기로 봐서는 말도 안 되는 짓을 벌일 것이 분명합니다. 흠차대신이 저렇게 막 나가도 되는 것입니까? 흠차대신의 권한이 이토록 막강한 것입니까?"

대원군이 고개를 저었다.

"황명을 받고 왔으니 그럴 수밖에. 과거의 우리였다면 열에 대여섯은 넘겨주어야 했을 거야. 그것도 사정사정해 가면서 말이다."

대진은 어이가 없었다.

"그게 무슨 말씀입니까? 우리 모두의 자산입니다. 정부에서 개발한 것도 아니고 민간이 개발한 것을 넘겨주어야 하다니요."

"민간이 개발했어도 달라고 하면 넘겨줘야 한다. 그게 종속국의 한계이자 비애다."

대진은 이 말을 듣는 순간, 원세개의 이전 역사에서의 전횡이 떠올랐다. 그러면서 왜 그토록 조선이 무력하게 당하기만 했는지 이해가 되었다.

'그랬구나. 이런 마음가짐을 갖고 있었던 것이 문제였어. 그랬기 때문에 원세개가 말도 안 되는 전횡을 부렸어도 쫓아내지를 못했던 것이야.'

대진이 반발했다.

"말도 안 되는 일입니다. 저들이 무리한 요구를 한다면 외교 관계를 단절할 각오를 해서라도 바로잡아야지요."

대원군이 씁쓸해했다.

"지금으로서는 말도 안 되는 일이 맞다. 하지만 과거의 우리 조선이었다면 그게 결코 쉬운 일이 아니었다."

"저하께서 계신대도 말입니까?"

대원군이 고개를 저었다.

"나라도 쉽게 장담을 못 하겠구나. 원나라 이후 우리는 늘 대륙을 상국으로 모셔 왔다, 그런 관행을 하루아침에 바꿀 수는 없어. 더구나 청국의 지속된 감시와 세도정치가 이어지면서 군권이 무너진 것도 결정적인 문제이기도 했고."

"오래된 관행이 그렇게 무서운 거로군요."

대원군이 눈을 빛냈다.

"그렇다. 그래서 마군이 대단하다는 것이다. 마군이 있었기에 우리가 일본을 압살하면서 승리할 수 있었다. 더불어 오랜 관행을 떨쳐 버리고 북벌이라는 대업까지 목전에 둘 수 있는 것이다."

대진이 다짐했다.

"두 번 다시 주상 전하와 국태공 저하께서 청국에 고개를 숙이는 일이 벌어지지 않도록 반드시 북벌에 성공하겠습니다."

"고맙네. 꼭 그렇게 되도록 만들어 주게."

"그리고 이제부터는 흠차대신을 제대로 몰아붙일 생각입니다. 그 일환으로 주상 전하와의 접견도 이번에는 없앨 생각입니다."

대원군이 놀랐다.

"아니, 흠차대신과의 접견을 없애다니. 그런 무리수까지 둘 필요가 있겠나?"

"이제 더 이상 우리 전하께서 청국 사신에 머리를 숙이는 일은 없었으면 해서요."

"그렇다고 만나지 않을 수도 없지 않은가?"

"전하께서 환우 중이라고 하면 됩니다."

대원군의 눈이 커졌다.

"주상이 아프다고 하자?"

"그렇습니다. 그러기 위해서는 전하께서 잠시 누워 계셔야 합니다. 그런데 신하 된 입장에서 그런 말씀을 올리는 것이 예의가 아닌 것 같아서 저하를 찾아뵌 것입니다."

대원군이 두말하지 않았다.

"알았다. 내 당장 입궐해서 주상께 누워 계시라고 권하겠네."

"감사합니다."

"아니야. 왜 그래야 하는지는 주상이 더 잘 알아. 그러니 인사는 주상이 해야지."

대원군과 협의를 마친 대진이 일어났다.

"그러면 저는 남별궁으로 가 보겠습니다."

대원군도 일어났다.

"그렇게 하라. 나도 바로 입궐해서 주상을 만나 봐야겠어."

두 사람이 함께 운현궁을 나섰다.

대진은 마차를 타고 남별궁으로, 대원군은 자신의 전용 차

를 타고 경복궁으로 이동했다.

대진이 남별궁에 도착하니 심순택이 먼저 와 있었다. 대진이 정문 앞에서 사정을 설명했다.

"운현궁에 들렀다가 오느라 조금 늦었습니다."

"아닐세. 나도 방금 도착했네."

대진이 전날의 정보를 전해 주었다.

심순택이 이를 갈았다.

"으득! 이놈들이 이제 대놓고 탐욕을 부리려 하는구나."

"예, 그러니 대담하실 때 거기에 맞춰서 하시는 것이 좋겠습니다."

"알겠네. 그 점은 조금도 걱정하지 말게."

두 사람이 동시에 정문을 넘었다. 남별궁에 들어가서도 두 사람은 한동안 기다려야 했다.

대진이 짐작했다.

"저들이 우리의 진을 빼놓으려고 늦게 나오는 것 같습니다."

심순택도 짐작하고 있었다.

"그런 것 같네."

두 사람의 짐작대로 오장경은 1시간이 지나서야 원세개와 함께 나왔다. 그런 그는 한 마디 사과도 하지 않고 상석에 앉았다.

오장경이 질문했다.

"오늘은 조선의 국왕을 접견하는 날이지요?"

대진이 나섰다.

"미안하지만 그건 곤란할 것 같습니다."

오장경의 이마가 꿈틀했다.

"곤란하다니 무슨 일이 있는 거요?"

"간밤에 주상 전하께서 갑자기 쓰러지셨습니다. 그 바람에 거동을 못 하실 정도로 용태가 좋지 않으십니다."

"허허! 지병이 있었던 것이오?"

"그렇지는 않습니다."

"좋소. 몸이 아프다는데 어쩔 수 없지."

오장경이 심순택과 대진을 차례로 바라봤다.

"이번에 내가 흠차대신으로 조선을 방문하게 된 것은 이유가 있어서요."

"그 이유가 무엇입니까?"

"조선에서는 요즘 새로운 문물을 만들어 내는 것으로 알고 있소이다. 그렇지 않소?"

대진이 부인하지 않았다.

"몇 가지 신문물을 만들어 낸 것은 맞습니다."

"하나같이 놀라운 문물이었소. 특히 천연두 예방접종약은 대륙의 민심이 들썩일 정도로 획기적이고 놀라운 물건이었소."

"맞는 말씀입니다. 천연두 멸절은 수천 년의 숙원이기는 했습니다."

"그렇소이다. 그런데 그렇게 중요한 신약을 어찌 호경여

당에만 공급하는 것이오?"

"호경여당의 호광용 대인과 독점 계약을 체결했기 때문입니다."

"우리 청국은 넓소이다. 인구도 4억에 가까울 정도로 많지요. 그 많은 인구에게 접종시키려면 한 곳만으로는 불가능하오."

"그 부분은 호경여당의 호광용 대인과 따로 협의하십시오."

"그러지 말고 북경에 따로 납품 거래처를 만들어 주시오. 아니면 그 제조 비법을 넘겨주면 더 좋고요."

대진은 본래 천연두 예방접종약은 그 제조 비법을 공개하려고 했다. 그러나 청국의 속셈을 알게 된 이상 넘겨주고 싶은 생각이 없어졌다.

대진이 고개를 저었다.

"제조 비법을 넘겨주는 것은 불가합니다. 그리고 북경에 새로운 거래처를 만드는 것은 호광용 대인의 동의가 있어야만 가능하고요."

오장경이 몇 가지를 더 요구했다. 그런 요구를 대진은 하나같이 거부했다.

쾅!

오장경이 대로했다.

"지금 무엇을 하자는 거요? 다 들어주어도 시원치 않을 판에 전부 거절을 하고 있어요?"

심순택이 나섰다.

“지금 대인께서는 우리가 들어주지 못할 요구만 하고 있습니다. 그러니 어찌 우리가 대인의 말에 동조할 수 있단 말입니까?”

“왜 들어주지 못하겠다는 거요? 정녕 우리 청국의 노여움이 두렵지 않다는 말씀이오?”

“어찌 두렵지 않겠습니까?”

“그런데 왜 내 말을 모조리 거부하는 거요?”

심순택이 노련하게 넘겼다.

“우리 조선이 지금처럼 새로운 문물을 연신 만들어 내는 것에는 까닭이 있습니다.”

“그 까닭이 무엇이지요?”

심순택이 말을 적당히 지어냈다.

“과거였다면 신문물은 공조에 속한 아문에서 만들었을 것입니다. 그러나 지금은 그런 실무부서가 전부 민간으로 이관되었지요. 그러면서 개발자의 권리를 최대한 보장해 주고 있고요. 그래서 지금처럼 신제품이 쏟아져 나오는 겁니다. 그런데 만일.”

심순택이 오장경을 바라봤다.

“대인의 요구대로 기술을 넘겨준다면 어느 누가 새로운 문물을 만들어 내겠습니까? 그렇게 되면 우리 조선의 기술력은 대번에 10년은 후퇴하게 될 것입니다. 그뿐만 아니라 누구도 새로운 기술을 만들려 하지 않을 것이고요.”

그렇게 말한 심순택은 표정을 굳혔다.

"우리 조선은 두 번 다시 과거로 돌아갈 생각이 없습니다. 그리고 주상 전하께서 윤음으로 반포한 일을 다시 주워 담을 수도 없는 일이고요."

원세개가 버럭 화내며 나섰다.

"지금 무슨 말씀을 하시는 겁니까? 조선 국왕의 어명은 중요하고 대청의 황명은 중요하지 않다는 겁니까?"

심순택이 고개를 저었다.

"그게 중요한 것이 아니오. 어명이면 어떻고 황명이면 어떻겠소? 중요한 것은 백성들이 마음 편히 제 할 일을 하게 만드는 게지요."

"방금 어명을 거두기 어려워서 들어주기 곤란하다고 하지 않았습니까?"

"그렇지 않아요."

오장경이 나섰다.

"정녕 하나도 넘겨줄 수 없단 말이오?"

심순택이 당당히 대답했다.

"송구하지만 그렇습니다."

"황명인데도 그걸 거부하겠다는 거요?"

"우리 조선에서 가장 중요한 것은 백성입니다. 황명이라고 해도 백성이 어려움을 겪고 고통을 받게 되는 일을 행할 수는 없지요."

오장경이 벌떡 일어났다.

"지금 무어라고 했소! 감히 조선이 황명을 받고 온 흠차대신의 명을 거역하겠다는 거요?"

"잘못된 명이라면 당연히 거부해야지요."

쾅! 쾅! 쾅!

대로한 오장경이 몇 번 탁자를 내리쳤다. 그는 씩씩거리면서 방 안을 오가다가 심순택을 협박했다.

"감히 흠차대신인 내 명을 거역하다니. 정녕 심양까지 끌려가서 문초를 당해 봐야 정신을 차리겠소?"

심순택이 당당히 맞섰다.

"잘못된 일을 잘못이라고 말한 것의 무엇이 문제란 말씀이오. 청국은 어떨지 몰라도 우리 조선에서는 주상 전하께서도 잘못이 있으면 바로 어영을 거두고 사과하십니다. 그런데 터무니없는 요구를 하는 흠차대신의 말을 내 어찌 수용할 수가 있겠소이까."

분노한 오장경이 막말을 했다.

"당장 사과하라! 그러지 않으면 내 당장 10만 병력을 이끌고 와서 조선을 초토화할 것이다!"

심순택도 분노했다.

"지금 나에게 협박하는 거요?"

"협박이라니. 나는 흠차대신이다. 내 말 한마디에 만주에 있는 병력 수만이 당장 내려올 수가 있어!"

심순택도 물러서지 않았다.

"어디 할 수 있으면 해 보시오."

"뭐요! 할 수 있으면 해 보라고 했소?"

심순택이 오장경을 노려봤다. 그러고는 한 자 한 자 또박또박 질문했다.

"지금 전쟁을 일으키겠다고 선 · 전 · 포 · 고를 하는 것이오?"

오장경이 흠칫했다. 그러나 그는 내친걸음이란 표정으로 한발 더 나갔다.

"선전포고가 아니라 당장이라도 군사를 동원할 것이오."

심순택이 그를 똑바로 노려봤다.

"좋소. 그럼 그렇게 해 보시오."

"뭐요?"

"병력을 동원하겠다는 말은 과거 정묘년과 병자년과 같은 전쟁을 치르겠다는 것 아니오?"

"그……."

오장경은 즉답을 못 했다. 그러나 빌미를 잡은 심순택은 말을 멈추지 않았다.

"어디 한번 마음대로 해 보시오. 그리고 이번에 전쟁이 벌어진다면 그건 전적으로 그대의 탐욕 때문이 일어난 일이란 사실을 분명히 알기 바라오."

원세개가 격하게 나왔다.

"정녕 조선이 우리 대청과 전쟁이라도 벌이겠다는 겁니까?"

“못할 것도 없지.”

심순택이 너무도 쉽게 대답했다. 그 모습에 추궁하려던 원세개가 오히려 얼떨떨해졌다.

“정녕 진담으로 이런 말을 하는 겁니까?”

심순택이 단호히 대답했다.

“당연히 진담이네.”

오장경과 원세개가 서로를 바라봤다.

3장

오장경은 난감했다.

처음 흠차대신이 되었을 때만 해도 기세가 등등했다. 그는 본래 조선을 적당히 협박해서 신기술을 탈취해 가려 했다.

그런 기술 중에서 괜찮은 것은 빼돌려 뒷주머니를 찰 생각까지 했다. 그렇게 꿈에 부풀어서 압록강을 넘었지만 시작부터가 난관이었다.

그러나 오장경은 참았다.

한양이 남아 있었기 때문이다.

오장경은 조선 국왕을 만나면 겁박을 주면서 원하는 바를 쟁취하려 했다. 그래도 부족하면 상해직교역을 끊겠다는 협박을 하려 했다.

그런데 의외의 상황이 발생했다.

강경하게 나간 의도가 있었다. 그러면 자신의 바짓가랑이를 잡고 살려 달라고 할 줄 알았다.

그런데 고개를 숙이기는커녕 상대가 더 강경하게 나온 것이다. 거기다 원세개의 동조가 상황을 더 최악으로 만들었다.

"……정녕 이게 조선의 결정이오? 정녕 이렇게 막 나가도 되는 것이오?"

심순택은 어이가 없었다.

"이보시오, 오 대인. 막 나간 것은 내가 아니고 그대와 여기 있는 원 부관이란 자요. 아니, 어떻게 된 것이 주인이 과격하면 하인이라도 중용을 지켜야 하는데 오히려 더 날뛰니. 이거야 원, 보필을 하는 것이 아니라 자신이 칼자루를 쥔 것처럼 더 설치고 있어요."

심순택이 고개를 저었다.

"더 이상 말을 섞어 봐야 좋은 꼴을 보지 못할 것 같소. 그러니 협의는 여기서 끝내기로 합시다."

오장경은 난감했다.

"아니, 지금 대화하다 말고 돌아가겠다는 거요?"

"전쟁을 하겠다는 사람과 무슨 말을 더 할 수 있겠소?"

"아! 그거야 말이……."

심순택이 말을 딱 잘랐다.

"그만하시오. 더 듣고 싶은 말도 없고, 하고 싶은 말도 없

소이다. 그리고 명심하시오. 이 모든 것이 그대와 그대를 보낸 누군가의 탐욕 때문이란 사실을 말이오."

심순택은 자리에서 일어났다.

그 모습을 본 오장경은 크게 당황했다. 그는 지금까지와는 다르게 급격히 몸을 낮췄다.

"미안하오이다. 내가 감정이 격해서 말이 너무 과격했소이다. 그러니 이해해 주시오."

심순택의 목소리가 단호했다.

"엎질러진 물을 주워 담을 수는 없소. 그리고 그대가 무슨 의도로 찾아왔는지 이미 다 알게 된 마당인데 더 할 말이 뭐가 있겠소? 그러니 그만 돌아가시오."

오장경은 황당했다.

"지금 나보고 돌아가라고 했소?"

"그렇소이다. 당장 돌아가시오. 선전포고까지 한 마당에 무에 더 할 대화가 남아 있단 말이오."

오장경은 난감했다.

자신의 과격한 행동 때문에 전쟁이 일어나게 생겼다. 그런 마음 한편에서는 말실수를 했다고 이렇게까지 몰리는 것에 대해 화도 났다.

그러나 그런 속내를 드러내기에는 상황이 최악이었다. 그렇다고 거듭해서 사과하는 것도 흠차대신으로서는 체면이 서지 않았다.

오장경이 이러지도 저러지도 못했다.

대진은 흠차대신이 며칠 머무를 것으로 예상하고 있었다. 그런데 오장경이 제 감정을 추스르지 못하고 과격한 발언을 했다.

더구나 그런 발언을 심순택이 되감아 치면서 상황을 최고로 만들었다. 이런 호기를 놓칠 대진이 아니었다.

대진이 나섰다.

"그만 돌아가시지요."

오장경의 안면이 와락 일그러졌다. 심순택에 이어 대진에게서마저 돌아가는 말을 들은 것이다.

"지금 돌아가라고 했소?"

"그렇습니다. 방금 외무대신의 말씀대로 이제 더 무엇을 할 수 있겠습니까? 그러니 그만 돌아가도록 하시지요."

"하!"

대진이 선포했다.

"돌아가세요. 그리고 땅이 굳어지면 다시 만나도록 합시다."

묘한 말이었다.

오장경은 처음에는 무슨 말인지 몰랐다. 그러다 그 말의 진위를 파악하고는 자신도 모르게 몸을 떨었다.

"지금 선전포고를 하는 거요?"

대진이 어이없어했다.

"선전포고는 대인이 먼저 한 거 아닙니까?"

"그, 그거야 흥분해서……."

탕!

대진은 탁자를 쳤다.

"내가 하면 실수고, 남이 하면 진실인 것이오? 구차하게 이러지 말고 그만 돌아가시오. 다시 말하지만 땅이 굳어지면 다시 만나도록 합시다. 그때는 이번처럼 우리가 머리를 숙이는 일이 절대 없을 것이오."

두 번이나 돌아가라는 말을 들었다. 그럼에도 오장경은 제대로 반박도 못 하고 우물쭈물했다.

대진이 지시했다.

"밖에 누가 있는가?"

대기하고 있던 무관이 들어왔다.

"찾으셨습니까?"

"청나라 사신이 돌아가신다고 하네. 그러니 귀관은 의주까지 잘 모셔다드리도록 하게."

무관은 밖에서 모든 상황을 듣고 있었다. 그랬기에 의주까지 가라는 지시에도 당황하지 않았다.

"알겠습니다."

무관이 오장경의 옆으로 다가갔다.

"저를 따라오시지요."

오장경은 기가 찼다.

말 몇 마디 잘못했다가 쫓겨나는 형국이 되어 버렸다. 잠시 어이없어하던 그가 이를 갈았다.

"으득! 지금 나를 쫓아내는 건가?"

심순택이 바로 말을 받았다.

"선전포고까지 한 사신을 편하게 보내 주겠다고 하는 것이 잘못이오?"

오장경이 분노해서 소리쳤다.

"이, 이, 이러고도 조선이 무사할 줄 아느냐?"

"마음대로 생각하시오. 선전포고를 해 놓고 이제 와서 무슨 협박을 한다고 그런 말을 하는 것이오? 이보시게, 무관."

"예, 외무대신 각하!"

"정중히 잘 모시도록 해라. 아마도 본국에 온 마지막 흠차대신이 될 것이다."

"명심하겠습니다."

무관이 오장경의 앞으로 다가갔다. 그러자 오장경의 옆에 있던 원세개가 무관을 막으려 했다.

그런데.

싸악!

무관이 호신용 칼을 빼서 겨눴다.

"멈춰라! 한 걸음만 더 내디딘다면 가만두지 않을 것이다."

방 안의 분위기가 극도로 가라앉았다. 원세개는 이러지도 저러지도 못하고 난감해했다.

심순택이 나섰다.

"칼을 거두시게. 그래도 청나라의 흠차대신 앞이 아닌가?"

무관이 급히 칼을 거두고는 고개를 숙였다.

"송구합니다. 부관이란 자가 너무도 무도하게 나서는 것 같아서 경고했을 뿐입니다."

"아니요. 잘했소이다."

심순택이 오장경을 바라봤다.

"계속 이러고 계실 거요?"

오장경이 눈을 질끈 감았다.

"원 부관."

"예, 대인."

"돌아갈 준비를 하라."

"대인, 어떻게 이대로 돌아가려 하십니까?"

"집주인이 나가라고 하면 나가야지, 별수가 있겠느냐. 더 이상 추한 꼴 보기 전에 어서 준비해서 나와라."

"……예, 대인."

무관이 병사를 불렀다.

"너희들은 함께 가서 짐을 챙기는 것을 도와주도록 해라."

"예, 알겠습니다."

병사들까지 나서자 짐은 금방 쌌다.

원세개가 보고했다.

"대인, 준비가 다 되었습니다."

오장경이 벌떡 일어났다. 그러고는 심순택과 대진을 각각 바라보며 이를 갈았다.

“으득! 두고 보자. 내 이번에는 그냥 가지만 다음에는 결코 그냥 가지 않을 것이다.”

심순택이 두 손을 모았다.

“멀리 나가지 않겠소이다. 그러니 조심해서 돌아가도록 하시오.”

쾅!

오장경은 탁자를 내리쳤다. 그러고는 이를 갈면서 두 사람을 찬찬히 훑어보고는 밖으로 나갔다.

“가자!”

심순택은 오장경이 나가고도 한동안 움직이지 않았다. 그러다 마차가 떠났다는 보고를 듣고서야 길게 한숨을 내쉬었다.

“후! 오늘 내가 잘한 건지 모르겠구나.”

대진이 위로했다.

“잘하셨습니다. 아니, 너무도 잘하셨습니다. 대감 덕분에 쓸데없이 접대하는 시간이 열흘은 줄어들었습니다.”

“하지만 선전포고까지 주고받았지 않습니까. 되도록 흠차대신을 잘 다독여서 돌려보냈다면 더 좋았을 텐데 말이오.”

대진이 고개를 저었다.

“그렇지 않습니다. 흠차대신의 요구를 받아 주면 끝도 한도 없게 됩니다. 우리는 단 하나도 내줄 수가 없는 일이고요. 그렇게 되면 끝내는 이런 식으로 결말이 날 수밖에 없습니다.”

심순택도 이 점에 동의했다.

"맞는 말이오. 처음부터 작정하고 와서 그런지 말투부터가 지난번의 흠차대신과는 기본적으로 달랐소이다."

"그렇습니다. 그래서 저도 그런 부분을 많이 느꼈기 때문에 강하게 나간 것입니다."

심순택이 일어났다.

"이렇게 된 거, 향후 대책 마련을 해야 하니 서둘러 입궐합시다."

"그러시지요. 아직 국태공 저하께서 궁에 계실 것입니다. 그러니 사람을 보내 수상 각하와 국방대신을 드시라 이르시지요."

"그렇게 합시다."

두 사람은 경복궁 별궁에 도착했다. 이어서 수상과 국방대신의 마차가 연이어 별궁에 도착했다.

간단히 인사를 마친 이들이 편전에 들었다. 편전에는 대진의 예상대로 대원군이 있었다.

국왕이 인사했다.

"어서들 오시오. 그런데 흠차대신을 돌려보냈다고요?"

심순택이 간략히 사정을 보고했다.

"……사정이 이렇게 되어 돌려보낼 수밖에 없었사옵니다."

국왕이 크게 고개를 끄덕였다.

"잘되었습니다. 청국과는 어차피 한 하늘 아래서 살 수 없는 상황입니다. 그런 청국의 흠차대신을 접대해 봐야 국익에 무슨 도움이 되겠습니까?"

대진이 나섰다.

"흠차대신이 우리 기술을 강탈해 가기 위해 작정하고 덤벼들었습니다. 그런 상대에게 무엇을 바라는 것은 요행일 뿐이었습니다."

수상도 동조했다.

"잘하였습니다. 어차피 깨질 일이라면 시간을 오래 끌어 봐야 아무 소용이 없지요."

대원군이 국방대신을 바라봤다.

"국방대신, 북벌 준비는 문제없이 진행되고 있지요?"

국방대신 신헌이 대답했다.

"그렇습니다. 1년 넘게 차분히 준비하고 있어서 언제라도 출동이 가능한 수준입니다."

"어차피 선전포고도 한 마당이니 한 번 더 점검해 주기 바랍니다."

"알겠습니다. 바로 전문을 날려 단위부대별로 점검을 실시토록 하겠습니다."

"2월에 열리는 전군 주요 지휘관회의에서 최종 점검을 할 수 있도록 조치해 주시오."

"그렇게 하겠습니다."

심순택이 대진을 바라봤다.

"이번에 이 특보가 땅이 굳으면 보자는 경고를 했습니다. 흠차대신이 그 말을 돌아가 전할 터이니 출정 시기도 거기에 맞추는 것이 좋을 듯합니다."

모두의 시선이 대진에게 쏠렸다. 그런 시선을 받으면서 대진이 설명을 시작했다.

"북방에서의 전투는 날씨하고의 싸움이라고 해도 과언이 아닙니다. 그런 북방에는 날이 풀리면 땅이 물러져서 사람조차 걷기가 힘들다고 합니다. 그래서 땅이 굳어지는 4월 하순이나 5월 초순에 병력을 기동하는 것이 좋다고 생각했습니다."

신헌이 적극 동조했다.

"맞는 말입니다. 우리 군에서도 그때가 최적이라는 조사가 보고되어 있습니다."

대원군이 우려했다.

"출정 시기가 너무 노출되면 문제가 되지 않겠소?"

"그 부분은 걱정하지 않으셔도 됩니다. 날씨는 누구에게나 공평해서 청국도 겨울 동안은 병력을 움직이기가 거의 불가능합니다. 그래서 청국이 우리의 출정 시기를 안다고 해도 준비할 시간이 별로 없습니다."

"우리도 그렇지만 저들도 날씨가 발목을 잡는다는 말이군요."

신헌의 설명이 이어졌다.

"그렇습니다. 그리고 지난해 서태후가 병력 3만을 만주로 보내라는 지시를 한 적이 있었습니다. 그 지시를 이홍장이 차일피일 미루면서 만주와 요동 일대에는 병력이 거의 없는 상황입니다."

대진이 거들었다.

"있다고 해 봐야 이미 숫자만 많고 유명무실해진 팔기 병력이 있을 뿐입니다."

홍순목이 지적했다.

"그래도 명색이 팔기인데 전쟁이 벌어지면 출정하지 않겠소?"

대진이 고개를 저었다.

그의 설명이 이어졌다.

"강성한 팔기는 과거의 영화일 뿐입니다. 본래 만주에 주둔해 있던 팔기는 북경의 금군과 더불어 가장 강력한 병력이었습니다."

대원군이 바로 말을 받았다.

"우리 조선을 경계하기 위해 그렇게 했지."

"그렇습니다. 청국은 언제나 조선을 경계해 왔습니다. 그래서 지금까지 조선에 대해 비교적 관대했던 것이고요. 그러면서도 심양에 주둔해 있던 팔기 병력은 늘 훈련을 게을리하지 않고 있었습니다. 그런 병력 편성이 처음 깨진 것이 80여 년 전에 발생한 백련교도의난이었습니다."

신헌이 거들었다.

"맞습니다. 당시의 난 때문에 청나라의 정규군이 완전히 무너졌습니다. 그때 이후로 팔기가 아닌 의용군 출신의 향용(鄕勇)이 청국 병력의 주력이 되었습니다."

"그렇습니다. 당시 청국은 10여만의 만주팔기를 출동시켜 대부분의 병력 손실을 봤습니다. 그리고 결정적으로 20여 년 전에 발생한 태평천국의 난에 마지막 병력을 긁어모아 보내면서 거의 와해되어 버렸습니다."

홍순목이 질문했다.

"그래도 그 병력의 후대가 다시 팔기로 올라가서 몇만은 되지 않겠소?"

"새롭게 올라온 팔기도 2~3만은 되는 것으로 파악되었습니다. 그러나 그 병력의 대부분은 말도 타지 못하는 거의 유명무실한 존재들입니다."

홍순목이 의아해했다.

"아니, 팔기가 어떻게 말도 타지 못한다는 것이오?"

"청국에는 만주족을 기인(旗人)으로 관리하고 있습니다. 기인들은 대륙 곳곳에 배치되어 있으며 한족과는 따로 분리해서 거주합니다. 이런 기인들은 어떠한 경제활동도 하지 못하게 되어 있습니다. 그 대신 청국 조정에서 일정 금액을 월급처럼 지급받고 있지요. 처음에는 이런 제도가 큰 도움이 되었습니다. 그래서 기인들은 평생 말을 타고 군사훈련만 받았기 때문에 어느 병력보다 강성했고요."

신헌이 다시 거들었다.

"적은 인구로 수억의 한족을 통제하는 가장 효과적인 방법이었지요."

"맞습니다. 그러던 기인들이 시간이 지나면서 점차 귀족화되어 버렸습니다. 일을 하지 않아도 매월 일정한 금액을 지급받으면서 흥청망청하게 되었지요. 그 바람에 시간이 지날수록 말을 탈 수 없는 기인들이 늘어났고요."

대원군이 나섰다.

"그런 문제점이 백련교도의난에서 처음 발견되었다는 것이구나."

"그렇습니다. 강남에서 일어난 반란을 진압하려고 지방의 팔기를 출동시키려고 했습니다. 그런데 제대로 된 팔기가 거의 없다는 것이 문제가 된 것이지요. 그래서 한족 출신 무장들이 부랴부랴 지방으로 내려가 의용군을 모집하게 된 것입니다. 그것이 지금의 청국 정규군의 시작이 되었고요."

국왕이 확인했다.

"그러면 만주에 있는 팔기 병력은 신경 쓰지 않아도 될 정도요?"

"팔기의 강점은 강력한 기병의 운용 능력입니다. 그런데 말도 타지 못하는 팔기가 전투를 어찌 치르겠습니까?"

국왕이 크게 고개를 끄덕였다.

"그렇지. 말도 타지 못하는 기병이 무슨 소용이 있겠어. 그러나 수만 명은 결코 적은 숫자가 아닙니다."

"그 부분은 조금도 걱정하지 않으셔도 됩니다."

국방대신 신헌이 말을 받았다.

"우리 군은 지속적으로 만주 일대에 흩어져 있는 팔기의 동향을 파악해 왔습니다. 그 결과, 만주의 팔기는 한량에 불과한 귀족으로 전락했다는 사실을 확인했습니다. 그런 팔기는 전투가 벌어진다면 거의 잉여 인력이 될 가능성이 높습니다."

"허! 격세지감이네요. 과거의 팔기는 이름만 들어도 몸이 움찔했는데 이제는 한낱 잉여 인력이 되었다니요."

대진이 거들었다.

"아무리 좋은 쇠도 담금질을 하지 않으면 쓸모없는 폐철이 되고 맙니다. 군 병력은 더 그러해서 꾸준히 훈련을 받아야만 전투력이 유지되고 사기 또한 오르기 마련입니다."

국왕이 지시했다.

"좋습니다. 그러면 지금부터 전국에 비상경계령을 발효합니다. 아울러 전군은 북벌에 맞춰 모든 병력의 전투태세를 점검하기 바랍니다."

모두가 일제히 고개를 숙였다.

"명심하겠습니다."

쫓겨나듯 조선을 떠난 오장경은 책문에서 말을 타고는 성

경까지 내달렸다. 봉천으로도 불리는 성경에 도착한 오장경은 조선에서의 사정을 전했다.

성경은 발칵 뒤집혀졌다.

성경장군은 곧바로 북경으로 전령을 보냈다. 그러고는 성경 일대의 팔기 소집령을 하달했다.

그런데 이렇게 모여든 팔기는 목불인견이었다. 대부분이 술과 노름에 빠져 있었으며 말이 없는 팔기도 부지기수였다.

이런 팔기 병력으로 성경을 방어하는 것은 불가능했다. 성경장군은 다시 전령을 보내 병력 지원을 요청했다.

성경에서 전령이 연이어 도착하자 북경도 발칵 뒤집혀졌다. 상황 보고를 받은 서태후는 대로했다.

"아니, 조선에 가서 어떻게 했기에 신문물은커녕 선전포고를 당하고 온 것이오?"

이홍장이 변명했다.

"조선은 애초부터 전쟁을 벌이려고 준비해 온 것 같습니다. 그러다 우리가 흠차대신을 연이어 파견하자 위협을 느껴서 도발한 것이고요."

"허면 조선의 도발을 막아 낼 방도는 있는 것이오?"

"당장 3만의 북양군을 파견하겠습니다. 그리고 남양군과 섬강의 좌 대인에게도 전령을 보내 병력을 파병하라 이르겠습니다."

"만주에는 지금 변변한 병력이 없는 것으로 압니다. 헌데

그 정도 병력으로 조선의 침공을 막아 낼 수 있겠습니까?"

이홍장이 자신했다.

"조선의 국력으로는 7~8만의 병력을 동원하는 것이 고작일 것입니다. 그 정도 규모라면 철저하게 훈련받은 우리 북양군의 전력으로 충분히 막아 낼 수 있습니다. 그렇게 침략을 저지하고 있다가 두 지역의 병력이 보강되면 그때부터 반격을 시작하면 됩니다."

이연영이 슬쩍 거들었다.

"우리 대청에는 함대도 있사옵니다."

서태후가 반색했다.

"오! 그렇지. 수군 함대가 있었지. 수군 함대를 활용하면 조선을 상대하는 데 훨씬 유리하겠어."

이홍장이 난감해했다.

"아뢰옵기 송구하나 수군 전력이 폐하께서 생각하시는 것보다 약합니다."

이홍장이 은근히 수군 증강에 반대해 온 서태후를 저격한 것이다. 말의 진의를 바로 알아챈 서태후의 얼굴이 붉어졌다.

"그러면 수군을 동원하는 건 무리란 말입니까?"

"수군 함대가 없는 것은 아닙니다. 그러나 안타깝게도 조선군에 타격을 입힐 정도의 규모는 아닙니다."

서태후가 아쉬워했다.

"하! 아쉽네요. 유비무환이라고 하더니 내가 그걸 간과하고 있었습니다."

"지금이라도 늦지 않사옵니다. 수군의 증강은 한시가 급한 문제여서 폐하께서 윤허만 해 주신다면 당장이라도 보강이 가능합니다."

"발등의 불이 된 조선은 어떻게 하고요?"

"조선과의 전쟁을 빨리 끝내기 위해서라도 서양으로부터 함정을 도입해야 합니다."

"좋습니다, 그렇게 하세요."

지금까지 함정 도입에 반대하던 서태후였다. 그러나 조선과의 전쟁이 목전에 닥치니 그제야 생각을 바꿨다.

이홍장이 두 손을 모았다.

"현명한 결정이십니다."

태극전을 나온 이홍장은 곧바로 자신의 본거지로 내려갔다. 그리고 장수를 지목해서는 전권을 위임하고는 3만 병력과 함께 요동으로 보냈다.

그러고는 청국 주재 영국공사와 협상해 2,000톤급 함정 5척을 급히 수입한다. 청국으로서는 최초로 도입하는 철갑선이었다.

2월 하순.

경복궁 별궁 대회의실에서 합동지휘관회의가 열렸다. 북벌을 앞두고 열린 회의니만큼 참석자들의 면면은 대단했다.

대원군이 참석했으며 내각에서 수상 홍순목과 주요 내각 대신들이 참석했다. 그리고 군에서는 손인석을 비롯한 각 군 사령관과 주요 지휘관들이 모두 참석했다.

군의 준비 태세에 대한 논의가 먼저 있었다. 합동참모본부의 총참모장이 대표로 보고했으며 육군과 수군 그리고 해병대의 보고도 이어졌다.

내각의 준비 태세도 논의되었으며 이 보고는 총무처의 대신이 했다. 그렇게 모든 보고가 끝나자 대원군이 나섰다.

"이제 대업을 이룰 때가 되었습니다. 일본과의 전쟁이 끝나고 군은 그동안 착실히 북벌을 준비해 왔습니다. 내각도 거기에 맞춰 마무리에 최선을 다해 주기를 바랍니다."

"명심하겠습니다."

"그러면 지금부터 토론을 시작하도록 하겠습니다. 먼저 이 특보가 제안을 하겠습니다."

대진이 일어났다.

"이번 북벌은 고토 수복이라는 명분이 뚜렷하게 있습니다. 그런데 저는 그 명분에 몇 가지를 더 첨가했으면 합니다."

장병익이 문제를 제기했다.

"왜 그래야 하는 거지요?"

"우리가 만주를 잃게 된 것은 발해가 마지막이었습니다.

900년이 넘은 과거이지요. 그렇다 보니 고토 수복은 당위성에서 조금 부족한 감이 없지 않다고 생각합니다. 그래서 부족한 당위성을 높이기 위해 몇 가지 죄목을 더 생각하게 되었습니다."

1군 사령관 이장렴이 나섰다.

"청 태조 누르하치가 거병할 때 내세웠던 칠대한(七大恨)처럼 말이지요?"

"그렇습니다."

"죄목이 무엇인지 알려 주시겠소?"

"감사합니다."

대진이 모두를 보고 설명했다.

"이번 북벌의 당위성은 고토 수복입니다. 그런 당위성을 위해 5대 죄목을 설정했습니다."

대진은 다섯 가지의 죄목을 나열했다.

"첫째, 여진족이 종주국이었던 조선을 배신한 죄. 둘째, 두 번의 호란을 일으켜 조선에 막대한 피해를 입힌 죄. 셋째, 50만 명의 포로에게 씻을 수 없는 한을 남겨 준 죄. 넷째, 고토를 본국과의 상의 없이 러시아로 넘겨준 죄. 다섯째, 인조대왕으로 하여금 삼전도의 굴욕을 안겨 준 죄입니다."

회의장이 술렁였다. 술렁임에는 대체로 대진의 말이 일리가 있다는 말이 많았다.

대원군도 즉각 동조했다.

"아주 좋은 생각이오. 고토 수복은 당위성으로 놓고, 5대 죄목을 설정해 청국을 징벌하겠다는 발상에는 나도 찬성이오."

이어서 몇 사람이 찬성했다.

국왕도 동조했다.

"과인도 좋은 생각이라 생각합니다."

대진이 몸을 숙였다.

"황감하옵니다. 그리고 그 죄목이 결정되면 가장 먼저 삼전도의 비석과 탑을 부숴야 합니다. 아울러 영은문(迎恩門)도 헐어 내서 우리의 의지를 천하 만방에 확고히 알려야 합니다."

손인석이 동조했다.

"아주 좋은 생각입니다. 이번 북벌은 돌이킬 수 없는 일입니다. 그런 결기를 나타내기 위해서라도 영은문과 삼전도비는 반드시 철거해야 합니다."

곳곳에서 동조하는 목소리가 터졌다.

대진이 말을 이었다.

"저는 그렇게 철거한 비와 비석 그리고 영은문의 잔해를 의주대로에 깔았으면 합니다."

대원군이 바로 알아들었다.

"이번에 출정하는 병력이 그것들을 밟고 넘어가게 하자는 거로구나."

"그렇습니다. 그렇게 하면 과거를 정리하는 의미도 있고, 또 돌아올 수 없는 길을 가게 되는 효과를 얻게 될 수 있을 것입니다."

국왕이 격하게 동조했다.

"아주 좋은 생각입니다. 삼전도와 영은문의 조각들을 장병들이 밟고 지난다면 스스로에게도 전의를 되새길 수 있어서 좋겠습니다."

심순택이 질문했다.

"태평관(太平館)과 모화관(慕華館) 그리고 남별궁은 어떻게 하옵니까?"

대진이 다시 나섰다.

"태평관과 모화관은 명나라와 청나라 사신을 맞기 위한 영빈관으로 건립된 건물입니다. 이 두 건물은 당연히 없애야 한다고 생각합니다."

모두가 일제히 고개를 끄덕였다.

심순택이 다시 나섰다.

"그러면 남별궁은 어떻게 하자는 거요?"

"남별궁은 태종 대왕의 둘째 딸 경정공주(慶貞公主)가 출가해 거주하던 소공주댁(小公主宅)이었습니다. 그렇게 본래 있던 건물을 활용한 것이니만큼 다른 용도로 활용하면 될 것입니다."

국왕이 그 자리에서 윤허했다.

"그렇게 하시오. 기왕 과거의 잔재를 없애는 일이니만큼 깔끔하게 정리하는 게 좋을 듯합니다."

대진이 머리를 숙였다.

"명을 받들겠습니다."

국왕이 손인석을 바라봤다.

"전군총사령관, 당장 병력을 이동시킬 수는 없겠지요?"

손인석이 대답했다.

"지금은 겨울이고 아직은 시기가 이릅니다. 그리고 우리는 철도가 있어서 병력 이동이 이전과는 비교할 수 없을 정도로 수월합니다. 그런 사정을 감안해 보면 4월 초순경부터 병력을 이동해도 늦지 않습니다."

"너무 늦지 않겠습니까?"

장병익이 거들었다.

"그렇지 않습니다. 철도는 한 번 이동할 때마다 2~3천 명의 병력을 수송할 수 있습니다. 그래서 군수물자를 먼저 옮기고 병력은 되도록 늦게 이동하는 것이 좋습니다."

손인석이 다시 나섰다.

"압록강을 넘게 되는 최초의 병력은 5만입니다. 의주 일대에 주둔해 있는 병력이 2만이고요. 이런 사정을 감안했을 때 모든 병력이 의주로 집결하는 데 열흘이면 충분합니다."

국왕이 흡족한 표정을 지었다.

"아! 그렇다면 안심이군요."

대원군이 지적했다.

"첫 병력이 5만이면 너무 적은 것 아니오?"

"그렇지 않습니다. 이번 북벌에서는 수륙양면작전이 전개

될 것입니다. 그리고 해병대 병력을 포함한 상륙작전이 주공이어서 압록강 도강은 조공 성격이 강합니다.”

“상륙작전도 병행하는구려.”

“그렇습니다.”

손인석이 공격 계획을 설명했다.

“……이렇게 공격이 진행될 예정이어서 5만이면 충분합니다. 그리고 그 뒤를 이어 예비 병력 10만이 출정하게 됩니다. 이 병력은 전투보다는 만주와 요동 지역을 안정시키는 것이 목적입니다.”

대원군이 질문했다.

“요동 일대의 한족은 어떻게 처리할 예정이오?”

“철저하게 소개 작전을 펼칠 예정입니다.”

“소개라면 한족을 이주시킨다는 말입니까?”

“그렇습니다. 유조변장 너머의 만주 지역 봉금령(封禁令)이 공식적으로 해체된 것은 아닙니다. 하지만 만주 귀족들이 청국 조정의 눈을 속이고 한족을 상당히 이주시켜 왔습니다.”

대원군도 알고 있는 사실이었다.

“그렇다는 말은 많이 듣고 있었습니다.”

손인석이 말을 이었다.

“예, 이런 한족들은 본국의 대륙 경영에 별다른 도움이 되지 않습니다. 더구나 대부분이 소작농이어서 우리가 진출하면 빈민으로 전락할 가능성이 아주 높은 상황이고요. 그래서

이들을 포함한 요동과 요서 한족을 장성 너머로 쫓아내려고 합니다."

"요동과 요서의 한족까지 포함하면 너무 숫자가 많은 거 아닙니까?"

손인석이 단호히 밝혔다.

"그래도 해야 합니다. 만일 소개 작전을 펼치지 않고 한족을 그대로 끌어안게 된다면 인구 비율이 너무 차이가 많이 납니다. 그렇게 되면 통치하는 데 문제가 발생할 우려가 많습니다."

홍순목이 질문했다.

"한족이 우리 통치에 불응한단 말씀이군요?"

손인석이 사정을 설명했다.

"본국에 와 있는 일본인 포로들 대부분은 사무라이들입니다. 그럼에도 우리의 지시에 잘 순응하면서 별다른 문제를 일으키지 않고 있습니다. 반면에 한족들은 의외로 자존심들이 강합니다. 그런 한족을 통치하는 것보다 통치권역 밖으로 보내는 것이 여러모로 좋습니다."

"그렇다고 모든 한족이 이주하지는 않을 거 아닙니까?"

손인석도 인정했다.

"그렇겠지요. 우선은 일정 기간을 정해 한족을 추방 형식으로 보내려고 합니다. 그래도 이주를 거부하는 한족들에게는 특단의 조치를 취해야 할 것이고요."

대진이 예상했다.

"적어도 절반 이상의 한족들이 이주를 선택할 것입니다. 특히 자본이 많거나 지식인일수록 그런 경향이 더 많을 것이고요."

"절반 이상이나 이주를 선택한다는 보장이 있습니까?"

"이미 많은 첩자가 요동 등지에 잠입해 있습니다. 이들을 동원해 요동 민심을 교란하는 작전을 실시할 예정입니다. 조선군이 쳐들어오면 과거 여진족이 한 것처럼 남자들을 모조리 포로로 끌고 간다는 소문을 낼 것입니다."

"아! 소문을 내서 피난을 먼저 하게 만들겠다는 거군요."

"그렇습니다. 그리고 우리 군이 압도적인 화력으로 청군을 밀어붙인다면 소문은 걷잡을 수 없이 커지게 될 것입니다."

국왕은 고개를 끄덕였다.

"소문만큼 무서운 것은 없지요. 그리고 특단의 조치라면 무엇을 말하지요?"

대진이 설명했다.

"가장 중요한 핵심은 청국 말의 사용 금지입니다. 우리가 진주하면 가장 먼저 우리말과 글을 쓰게 해야 합니다. 그리고 변발과 만주족의 복장을 금지하는 등의 방법으로 남은 한족을 우리 조선인화해야 할 것입니다."

국왕이 고개를 갸웃했다.

"변발은 알겠는데 만주족의 복장은 또 뭐죠?"

"지금 한족이 입고 있는 옷은 전부 만주족이 입던 복장입

니다. 그래서 그런 복장을 전부 우리식으로 바꿔 입게 하면서 정신 개조를 실시할 예정입니다. 만약 우리의 지시를 따르지 않는다면 장성을 넘어가면 되고요."

"철저하게 조선인화하겠다는 거로군요."

"그렇습니다. 그렇게 하지 않고 한어를 쓰고 변발 등을 인정하게 되면 한족들은 그들끼리 뭉쳐 버리게 됩니다."

"그래도 고집을 부리면 어떻게 합니까?"

"그러면 모든 재산을 몰수하고 신분도 최하층으로 만들어 버리면 됩니다."

"우리는 이미 노비를 해방시켰는데 다시 최하층의 신분을 만든단 말씀이오?"

"정부 시책에 반하는 자들입니다. 그런 자들에게 국민으로 인정할 필요가 없지요. 그런 우리의 조치를 따르지 않으려면 장성을 넘어가면 됩니다."

국왕이 웃었다.

"허허! 따르든지 떠나든지 양단간의 결정을 하라는 말이군요."

"그렇습니다."

국왕이 결정했다.

"좋습니다. 반발이 있더라도 그런 일은 처음부터 강력하게 밀어붙이는 것이 좋지요. 그런데 내몽골 지역의 몽골족은 어떻게 합니까? 그들도 변발을 하고 있을 터인데요."

손인석이 나섰다.

"그들은 다릅니다. 그들의 변발은 만주족과 다른 형태여서 바로 알아볼 수 있습니다. 그래서 몽골족은 자신들이 원하지 않으면 풍습을 그대로 인정해 줄 계획입니다. 그러나 거래하려면 우리말과 글은 배워야 할 것이고요."

"차별을 두자는 말씀이군요."

"그렇습니다. 만주 지역에는 그들 말고도 이민족들이 꽤 있는 것으로 조사되었습니다. 그런 이민족들은 그들의 고유 전통을 지켜 줄 예정입니다."

"그래도 우리말과 글은 가르치겠군요."

손인석이 고개를 끄덕이며 강조했다.

"그게 가장 기본입니다. 나라의 기틀을 잡기 위해서는 반드시 언어가 통일되어야 합니다."

국왕이 크게 고개를 끄덕였다.

"좋은 말씀입니다. 기본이 충실해야 다른 일도 할 수가 있는 법이지요."

계획을 들은 대원군이 소감을 밝혔다.

"오늘 나는 너무도 가슴이 뛥니다. 불과 10여 년 전의 조선은 청국과는 감히 맞설 생각도 못 하던 나라였습니다. 그래서 청국에서 칙사가 오거나 흠차대신이 오면 온 나라가 발칵 뒤집혔었지요. 그런 우리가 일본을 누르고 이 자리까지 올라와 있습니다."

대원군이 격한 감정을 한껏 안고 참석자들을 바라봤다. 차

오르는 감정을 추스른 대원군이 말을 이었다.

“가슴이 벅찹니다. 이런 말을 할 수 있는 자체가 너무도 행복합니다. 그리고 이번 북벌에서 질 것 같은 생각이 조금도 들지 않을 만큼 나는 우리 군이 너무도 든든합니다.”

대원군은 다시 참석자들을 둘러봤다.

“모두들 고맙소이다. 그리고 우리 조선을 이 자리에 이르도록 만들어 준 마군에게도 더없는 감사를 표시합니다. 고맙소이다.”

장내가 후끈 달아올랐다. 조선 출신의 모든 사람들은 상기된 얼굴로 하나같이 고개를 끄덕였다.

손인석이 나섰다.

“감사합니다. 우리가 안착을 할 수 있었던 것은 오로지 여러분의 배려 덕분입니다. 그리고 이제 시작입니다. 우리는 이번 북벌을 반드시 성공해 대업을 완수할 겁니다. 그래서 조선이 대륙을 호령하고 바다를 장악해 명실상부한 최강의 나라가 될 수 있도록 합심 노력합시다.”

회의실이 감동으로 뒤덮였다.

짝! 짝! 짝!

대진이 먼저 박수를 보내기 시작했다.

그 뒤를 이어 모든 사람들이 합심해서 열렬히 박수를 보냈다. 그런 박수 소리는 회의장을 넘어 온 사방으로 번져 나갔다.

3월 초.

날이 풀리면서 북벌 준비가 본격적으로 시작되었다. 가장 먼저 군수공장에서 준비한 군수물자가 열차를 이용해 북쪽으로 이송되었다.

이어서 일본에서 막대한 양의 쌀이 들어왔다. 이 양곡은 전쟁배상금의 일환으로 들어온 것으로, 50만 석이나 되었다.

청국도 나름 발 빠르게 움직였다.

서태후의 지시로 북양군 3만 명이 만주로 이동했다. 그런데 준비가 되어 있지 않은 상태에서의 갑작스러운 이동은 많은 문제가 따랐다.

북경에서 요양까지 700여 킬로미터다.

보병 병력이 이동하면 하루 30여 리, 15킬로미터 내외가 적당하다. 이 속도로 북경에서 요양까지는 쉬지 않고 이동해도 상당한 시간이 걸린다.

그리고 겨울철의 이동은 행군 속도를 쉽게 올릴 수가 없었다. 이런 제약 때문에 북양군의 만주 이동은 4월이 되어서도 만리장성을 넘지 못했다.

4월이 되자 조선군 본진이 의주로 이동했다. 대진도 이 이동에 맞춰 의주로 올라왔다.

대진이 몇 명의 지휘관과 함께 압록강으로 나와 있었다. 4월의 압록강은 완연한 봄이 느껴지기에는 조금은 일렀다.

대진이 주변을 둘러봤다.

“북방의 봄이 늦게 오기는 하네요. 남쪽에서는 벌써 벚꽃이 피는데 여기는 이제야 물이 오릅니다.”

손인석이 동조했다.

“그러게 말이야. 이제 겨우 녹았던 땅이 굳어지려고 하니 요동이나 만주는 땅이 굳어지려면 좀 더 시간이 필요할 것 같아.”

장병익도 거들었다.

“제대로 땅이 굳으려면 4월 하순은 되어야 할 것 같습니다.”

“그러게. 이런 땅이면 청나라의 북양군도 병력을 이동하기가 상당히 어렵지 않겠어?”

대진이 보고했다.

“공군의 보고에 따르면 이제 막 만리장성에 도착했다고 합니다. 지금의 속도라면 우리가 압록강을 넘기 전까지 요동에 도착하는 것은 물리적으로 어려울 겁니다.”

장병익도 동조했다.

“맞아. 요하 일대의 늪지인 요택(遼澤)도 있고 해서 요하를 건너는 것도 쉽지 않을 거야.”

손인석이 대진을 바라봤다.

“이 특보는 이번 북벌이 끝나면 전역하겠다고 신청했다면서?”

“그렇습니다.”

“그대로 현역으로 있으면서 특보 생활을 이어 가면 되잖아? 혹시 입각을 하려는 거야?"

대진이 고개를 저었다.

"입각은 당분간 하지 않을 생각입니다."

"그러면 왜?"

"특혜 같다는 생각이 들어서요."

손인석이 웃었다.

"무슨 그런 말을 하는 거야? 이 특보가 그동안 쌓은 공적이 얼마인데 누가 그런 소리를 해?"

대진이 설명했다.

"제가 맡고 있는 일이 세 가지나 됩니다. 그래서 대한무역과 특보의 일에만 전력을 기울일 때가 되었다는 생각이 들어서 그렇습니다."

"민간의 신분에서 일을 하겠다는 거야?"

"예, 이번 전쟁이 끝나면 그때부터는 자원 확보 전쟁을 시작해야 하지 않겠습니까? 그 전쟁에서 제가 선봉이 되고 싶습니다."

이 말을 하는 대진의 눈은 빛나고 있었다.

4장

장병익이 적극 동조했다.

“예비역 장성으로 활동하는 것도 나쁘지는 않지. 서양에서는 예비역도 현역과 동일하게 인정해 주니 말이야.”

대진이 놀랐다.

“장성이라니요. 저는 아직 장성으로 진급할 연차가 되지 않습니다.”

“그렇지 않아. 그동안의 공적을 고려해서 특진하면서 전역하면 문제가 없어. 그리고 대외 활동을 하는 데에는 영관보다는 장성이 훨씬 유리하잖아.”

손인석이 동조했다.

“맞는 말이야. 이 특보의 활약이 곧 우리의 활동이나 다름

없으니 그 정도의 배려는 해 주어야겠지. 그리고 그동안 쌓은 공적이 많아서 그 정도의 특진은 누구라도 인정해 줄 수밖에 없어."

대진이 고개를 숙였다.

"감사합니다. 그렇게까지 배려해 주신다면 운신의 폭이 좀 더 넓어질 수 있겠습니다."

장병익이 웃었다.

"하하하! 잘해 봐. 이 특보의 활약을 기대하는 사람이 한둘이 아니니니 말이냐."

"최선을 다하겠습니다."

손인석이 말을 돌렸다.

"그건 그렇고 선전포고를 했는데도 불구하고 강 건너가 너무 조용해."

장병익도 동조했다.

"그러게 말입니다. 지금까지 우리 상인이 책문까지 오가는 것도 막지 않고 있습니다."

대진이 추정했다.

"아마도 우리가 자신들의 병력 이동을 모르는 것으로 착각하는 것 같습니다. 정중동이라는 말처럼 겉으로는 표시를 안 내면서 뒤로는 병력을 동원하는 방식 말입니다."

"맞아. 무인정찰기가 없었다면 이 겨울에 청국의 병력 이동을 파악하기 어려웠을 거야."

대진이 확인했다.

“총사령관님, 도강은 일점돌파를 하실 겁니까?”

손인석이 고개를 저었다.

“아니야. 도강 이후의 작전 계획에 따라 동시다발 전략으로 도강할 예정이야.”

“아! 하류, 중류, 상류에서 동시에 도강을 한단 말씀이군요.”

“그렇지. 하류의 하구 섬을 이용한 도강과, 의주 방면의 위화도, 그리고 상류의 도강을 동시에 진행할 예정이야. 두만강 지역에서도 일부 병력이 도강을 할 예정이지.”

“가뜩이나 병력이 부족한 청국으로서는 난감하겠습니다.”

“후후후! 그래, 아마도 정신이 없을 거다.”

“예.”

대진은 의주 방면을 바라봤다. 그런 대진의 시선에는 집결하기 시작하는 병력이 한눈에 들어왔다.

압록강 곳곳으로 병력이 집결하자 청국 지역은 대번에 난리가 났다. 폭풍전야와 같이 조용하기만 하던 들판이 피난민들로 넘쳐 나기 시작했다.

그러나 조선군은 그런 상황을 보면서도 병력을 집결시키기만 했다. 아직 땅이 굳지 않아 도강도 어려울뿐더러 대규모 병력을 움직이는 데 불편했기 때문이다.

그렇게 10여 일이 지나.

강 건너 벌판에 사람이 없어질 즈음.

드디어 명령이 떨어졌다.

"도강하라!"

대기하고 있던 공병대가 달려 나갔다.

공병대는 조일전쟁에서 수많은 경험을 축적했다. 그런 경험 덕분에 압록강의 부교 건설은 시행착오 없이 이뤄졌다.

그동안 적의 공격은 없었다.

백두산에서 발원한 압록강은 상류 유속이 상당히 빠르다. 그런 압록강의 물줄기는 상류의 흙을 품고 내려오다가 하류에서 유속이 급격히 느려진다.

갑자기 느려진 속도로 물줄기는 품고 있던 흙을 떨어트리게 된다. 그런 흙으로 인해 압록강은 어느 강보다 많은 하중도(河中島)를 품고 있다.

위화도는 그런 하중도 중 하나다.

위화도(威化島)는 조선 태조 이성계가 고려 말 회군하면서 유명해졌다. 여의도보다 4배 가까이 넓으며 섬 전체가 평탄하다.

위화도와 붙어 있는 섬은 검동도(黔同島)다. 이 섬에는 고려시대 내원성(來遠城)이 있어서 국경 검문소 역할을 했다.

조선군은 병력을 몇으로 나뉘어 있었다. 그런 병력 중 주

력이 위화도와 검동도를 이용해 도강했다.

대진은 선발대와 함께 가장 먼저 압록강을 건넜다. 강을 건너니 꽤 넓은 평원이 나타났으며 사람의 인적은 어디에도 없었다.

대진은 묘한 기분이 들었다.

"이 넓은 땅에서 개미 새끼 1마리 볼 수가 없다니 기분이 이상하구나."

선발대를 이끈 대대장이 동조했다.

"저도 기분이 묘합니다. 압록강을 건너면서 총 한 방, 대포 한 발 쏘지 않을 줄은 몰랐습니다."

"10여 일 전부터 한족과 만주족이 피난을 떠난 바람에 사람의 씨가 마른 것 같아. 그런데 의외이기는 하네. 그래도 농사꾼만큼은 땅을 지킬 줄 알았는데 말이야."

"그러게 말입니다. 우리 첩자들이 낸 소문이 여기까지 흘러든 것 같습니다."

"발 없는 말이 천 리를 간다고 하더니 그 말이 정말이었어. 무인정찰기는 계속 띄우고 있지?"

"물론입니다. 정찰기의 동영상에 따르면 여기서 봉성까지는 거의 사람이 없었습니다. 책문 일대도 마찬가지고요."

"책문에도 사람이 없다고?"

"책문은 본래 조선과의 교역 때문에 만들어진 국경도시입니다. 그래서 사람들이 더없는 것 같습니다. 아마도 이 일대의 주민들이 봉성의 산성으로 몰려간 것으로 보입니다."

대대장이 전방의 산줄기를 가리켰다.

"저기 보이는 저 능선이 요동으로 넘어가는 관문인 천산산맥입니다. 저 천산산맥의 이쪽에서는 봉황성이 그나마 피난지로 적합하니까요."

대진도 동의했다.

"맞는 말이야. 고구려 때 오골성(烏骨城)으로 불리던 봉황성은 이 일대에서 가장 험준한 산세에 의지해 쌓은 산성이기는 하지. 그래 봐야 우리 포격에는 얼마 견디지 못할 것이지만."

"어쨌든 거기까지는 별문제 없이 진군할 수 있게 되었습니다."

이때 압록강 하구에서 포성이 들렸다.

쾅! 쾅! 쾅! 쾅!

대진이 압록강 하구 방면을 바라봤다.

"안동성의 공략이 시작된 것 같습니다."

"여기서는 하구가 보이지 않네. 2사단이 어떻게 공격하는지 궁금한데 말이야."

"하구에서도 안동성이 유일한 방어선입니다. 그런 안동성도 우리가 보유한 야포에는 오래 견디지 못할 것입니다."

"그거야 당연하지."

이때 무관 한 명이 소리쳤다.

"대대장님, 모든 병력이 도강을 마쳤습니다!"

대대장이 권했다.

"가시지요. 오늘은 하루 종일 행군해야 할 것 같습니다."

"그러자."

위화도 방면의 조선군이 압록강을 건널 무렵, 압록강 하구와 상류, 그리고 두만강 북부 지역에서도 동시에 북진이 시작되었다.

조선군 본진이 도강을 마치는 데는 이틀의 시간이 걸렸다. 이러는 동안 선발대가 봉성(鳳城)에 도착해 있었다.

봉성은 봉황성(오골성)의 주변에 형성된 고을 이름이다.

대진이 망원경으로 봉황성과 주변의 고려산 일대를 살폈다. 그러던 대진의 입에서 탄성이 절로 나왔다.

"이야, 산이 정말 험준하구나! 저 정도의 산세라면 우리라도 등정하기 어려울 것 같아."

대대장도 동조했다.

"맞습니다. 저런 능선은 일반 병력이 올라가기가 거의 불가능합니다. 그런 산세에 의지해 성벽을 쌓아서 그런지 전방의 남문의 높이가 수십여 미터는 족히 되어 보입니다."

대진이 아쉬워했다.

"아깝네. 저 산성을 저대로 놔두면 고구려의 유적지로 더없이 좋을 텐데 말이야."

대대장은 고개를 저었다.

"어쩔 수 없는 일이지요. 그렇다고 저 성을 그대로 두고 진군할 수는 없는 일이고요."

"그렇지. 기록에 따르면 봉황성은 내부가 넓어서 수십만의 피난민들을 받아들일 수 있다고 되어 있어. 그런 성을 그대로 놔둘 수는 없지."

"봉황성은 당사(唐史)의 《고려기(高麗記)》에서도 고구려에서 없어서는 안 될 정도로 중요하고 긴요한 지역이라는 의미의 '추요지처(樞要之處)'라는 말을 썼을 정도로 요충지였습니다."

"그만큼 방어하기가 쉽다는 의미겠지."

"맞습니다."

"그래서 더 아쉽다는 거야. 저 성벽은 기본적으로 고구려의 것이잖아. 그런 것을 고토 수복을 위해 출정한 우리가 무너트려야 하다니……."

대진은 몇 번이고 아쉬워했다.

그러나 봉황성을 그대로 남겨 두고 산맥을 넘을 수는 없었다. 성안에 얼마나 많은 피난민과 병사들이 들어가 있는지 알 수가 없었기 때문이다.

대대장이 중대장들을 소집했다.

그리고 각 중대에게 지역을 분할해서 전방 정찰을 지시했다. 이러는 동안 본부대는 주둔지 건설을 시작했다.

주둔지가 건설되는 동안 대진은 무인정찰기를 운용하는 부대를 찾았다. 무인정찰기는 공군이 운용하고 있었기에 대진이 먼저 인사했다.

"충성! 고생이 많습니다."

"충성! 어서 오십시오."

무인정찰기 운용부대는 백령도 소속이었다. 그런 부대가 이번에 특별히 본진에 배속된 것이다.

"뭐 보이는 것이 있습니까?"

운용 부대장인 공군 중령이 화면을 보여 주었다. 무인정찰기가 보내오는 영상 그 어디에서도 적군의 흔적이 보이지 않았다.

"봉성은 너무도 깨끗합니다."

"봉황성은 어떻습니까?"

운용 부대장이 모니터를 조작했다. 그러자 다른 정찰기가 보내오는 동영상이 화면에 잡혔다.

"상당한 피난민들이 성안으로 들어가 있습니다."

"청나라 병력은 어디 있지요?"

운용 부대장이 지시했다.

"성벽 일대를 집중해 봐라."

지시를 받은 운용 요원이 곧바로 정찰기를 조정했다. 그러자 높은 성벽에 집결해 있는 청군의 모습이 동영상에 잡혔다.

그런데 병력이 의외로 적었다.

대진이 그 점을 지적했다.

"저게 전부입니까?"

운용 요원이 대답했다.

"저희가 파악한 바로는 남문 성벽에 집결한 병력이 전부였습니다. 내부에는 청군 병력이 보이지 않았습니다."

"그러면 잘해 봐야 일이천 명 수준인데."

운용 부대장도 동조했다.

"그 정도도 최고로 감안한 숫자일 것입니다."

"저 정도면 구태여 포격할 필요가 없겠네."

"예? 그러면 어떻게 공략하시려고요?"

"잠깐 무전기 좀 주시지요."

대진은 무전기를 건네받고는 본부를 연결했다.

"충성! 이대진입니다."

손인석이 대답했다.

-이 특보, 무슨 일이지?

"봉황성의 공략 때문에 연락드렸습니다."

대진은 봉황성의 사정을 보고했다.

"……그래서 기왕이면 직접 공략이 아닌 회유 전략을 썼으면 해서 말씀 올렸습니다."

-봉황성의 청군의 숫자가 그 정도가 확실해?

"그렇습니다. 많아야 일이천 명일 것이 분명합니다."

손인석이 즉석에서 승인했다.

-좋아! 회유 전략을 실시해 보자. 그러면 전단부터 살포하도록 조치하겠다.

"그렇게 하십시오. 그리고 저들을 위협하기 위해서는 소이탄 폭격이 최고입니다. 그러니 전단 살포에 이어 소이탄도 적절한 시간에 투하하는 것이 좋을 것입니다."
손인석이 대번에 알아들었다.
-무슨 말인지 알겠다. 선발대는 원거리에서 포위만 한 채로 대기하라고 전하라.
"예, 알겠습니다. 충성."
-수고하라.
교신을 마친 대진이 무전기를 건넸다. 무전기를 건네받은 운용 부대장이 궁금해했다.
"직접 공략하지 않기로 한 것입니까?"
"예, 봉황성은 고구려의 오골성이지 않습니까? 그래서 유적을 최대한 보존하고 이기는 방법을 연구하다 보니 회유 전략을 채택하게 된 것입니다."
운용 부대장도 동조했다.
"좋은 생각이십니다. 전쟁에서 싸우지 않고 이길 수만 있다면 무엇인들 못 하겠습니까?"
"맞습니다."
대진은 선발부대장에게 사정을 전했다. 선발부대장은 크게 반겼다.
"그거 아주 좋은 계획이네요. 성공만 한다면 병력 손실도 없을뿐더러 유적도 보전할 수 있어서 일거양득이겠습니다."
그리고 얼마의 시간이 흘렀다.
먼 하늘에서 낯익은 소리가 들려왔다.

타! 타! 타! 타!

조선군에게는 너무도 반가운 소리였다.

서해상에서 대기하고 있던 백령도에서 날아온 헬기는 곧장 봉황성으로 넘어 들어갔다. 그리고 가져온 전단을 뿌리고는 바로 돌아갔다.

봉성장군 진충은 만주족이다.

진충은 조선에 대해 나름대로 잘 알고 있다고 생각해 왔다. 조선의 사신이 사행할 때마다 봉성에 들렀다 가면서 1년에도 몇 번씩 조선 사신을 만나 왔기 때문이다.

그런 진충에게 조선은 허약하기 짝이 없는 나라로 인식되어 있었다. 그런데 그 조선이 대규모 병력을 동원해 침략해온 것이다.

오장경이 들러서 조선의 침략을 말해 주었을 때도 믿지 않았었다. 그래서 별다른 준비도 하지 않고 봉황성만 대충 손봤었다.

그러다 대규모 병력이 압록강에 집결했다는 보고에 비로소 놀라 허둥대었다. 그러나 보유하고 있는 병력이라고 해봐야 수백 명이 고작이었다.

여기에 책문과 그 주변의 병력을 모두 긁어모았음에도 1,000여 명이 되지 않았다. 진충은 어쩔 수 없이 봉성 방어를 포기하고 산성으로 들어가서는 성경으로 전령을 보내 병력 지원을 요청했다.

그러나 성경에서도 병력 지원을 할 수 없다는 전갈이 오면서 크게 낙담했다. 이러는 동안 조선군이 압록강을 넘어 봉황성의 바로 밑까지 다가왔다.

진충은 전전긍긍했다.

보유하고 있는 병력이 너무 적었다.

그나마 성벽이 높아서 어느 정도는 방어할 수는 있기는 했다. 그러나 원체 적은 병력이어서 점령은 시간문제였다.

그런데 그런 그의 머리 위로 갑자기 이상한 물체가 떨어졌다. 둔탁한 소리를 내며 하늘에서 날아온 그 물체는 전단을 뿌리고는 다시 돌아갔다.

진충은 전단을 수거해 오게 했다.

전단을 읽은 진충이 인상을 썼다.

"이게 뭐야. 항복하라니. 그러지 않으면 불벼락이 떨어진다고?"

옆에 있던 측근이 몸을 숙였다.

"장군, 속지 마십시오. 조선군이 헛된 수작을 부리려는 것 같습니다."

다른 측근이 나섰다.

"장군, 지금의 병력으로는 조선군을 막기가 곤란합니다. 하오니 대국적으로 생각하시는 것이 좋습니다."

"지금 나보고 항복하라는 거야?"

"우리 병력으로는 어차피 얼마 견디지 못하고 손들어야 합니다. 그럴 바에야 인명피해를 입지 않는 것이 좋지 않겠습니까?"

처음 측근이 나섰다.

"항복은 안 됩니다. 봉황성의 성벽이 높아서 백성들을 동원해서 막는다면 조선군이 쉽게 넘기 어렵습니다."

두 사람은 연신 항복해야 한다 안 된다 하며 다투었다.

진충도 마음이 조급하기는 했다. 그러나 설마 불벼락이 떨어질까 하는 의구심에 쉽게 결정을 내리지 못했다.

시간이 지나면서 성 아래에는 조선군이 점점 더 많이 집결했다. 진충은 그런 장면을 내려다보면서 이러지도 저러지도 못했다.

그렇게 얼마의 시간이 지났을 때.

타! 타! 타! 타!

다시 둔탁한 소리가 들려왔다.

진충은 놀라 전각 밖으로 뛰어나갔다. 헬기는 그런 진충의 머리 위를 지나서는 폭탄 한 발을 떨어트렸다.

꽈꽝! 화악!

소이탄은 성내 마을에서 조금 벗어난 곳에서 폭발했다. 포탄은 거대한 불기둥을 뿜어 올리면서 주변을 초토화했다.

"아아!"

진충은 놀라 말도 제대로 못 했다.

소이탄의 검붉은 불기둥은 보는 사람이 압도당할 정도로

크고 웅대했다. 그리고 진충이 얼빠져 있는 사이 또다시 헬기가 그의 머리 위로 전단 한 뭉치를 뿌리고 돌아갔다.

측근이 전단을 가져와 바쳤다.

"장군, 괴물체에서 뿌린 전단입니다."

진충이 급히 전단을 받아 보니 항복하라는 전단이었다. 그런데 내용이 이전과 달랐다. 항복을 권하던 측근이 급히 몸을 숙였다.

"장군, 더 이상 미루시면 안 됩니다. 이번에도 항복하지 않으면 사람이 있는 곳에 불벼락을 내린다고 했습니다."

진충은 눈을 감았다.

잠깐 사이 몇 번의 갈등이 지나갔다. 그러나 소이탄의 엄청난 위력은 그런 갈등을 이내 잠재웠다.

"백기를 내걸고 성문을 열어라."

대진은 기분이 좋았다. 자신의 전략이 성공을 거둬 전투 없이 봉황성에 백기가 걸렸기 때문이다.

"이거 시작이 좋구나."

선발대 대장도 웃으며 맞장구쳤다.

"하하! 그러게 말입니다. 시작이 반이라고 했는데 이러면 요양까지는 그대로 직진하겠습니다."

대진도 동조했다.

"무인정찰기로 확인한 바에 따르면 천산산맥까지 청군이 하나도 없으니 그렇게 되겠어."

"기분이 조금 이상하네요."

"뭐가 이상해?"

"일본과의 전쟁에서는 처음부터 전투였지 않습니까? 그런데 이번 북벌에서는 요양까지 일방통행을 하게 생겼으니 말입니다. 전투를 각오했는데 일대가 거의 무주공산이나 다름없지 않습니까?"

대진도 동의했다.

"생각해 보니 그러네. 요양도 성경으로 불리는 심양도 청군이 얼마 없다고 했는데 이대로라면 만주를 손쉽게 장악할 수도 있겠어."

"청국의 북양군은 아직 요하도 건너지 못한 상황입니다. 우리가 행군 속도를 높인다면 요하에서 양군이 만날 가능성이 높습니다."

"행군 속도를 높여 북양군을 요하에서 잡아 버리자는 거야?"

"지금으로선 그렇게 해도 될 것 같지 않습니까?"

잠깐 생각하던 대진이 동의했다.

"좋아. 그 부분을 손 사령관님께 건의를 드려 보겠어."

대진의 건의는 바로 채택되었다.

손인석은 선발대를 여단 병력으로 재편해 천산산맥을 넘

게 했다. 이에 따라 대진이 포함된 선발대대는 재편되는 여단에 포함되었다.

봉성을 출발한 선발여단은 송점(松岾)을 지나 설례참(薛禮站)에 도착했다. 참(站)은 청나라의 역참제도의 역이며 설례는 당나라 장수인 설인귀(薛仁貴)를 말한다.

전설에 따르면 당 태종이 봉황산에서 연개소문에게 패했을 때 설인귀가 나타나 구해 주었다고 한다. 그런 전설을 간직한 설례참에서 선발여단 병력은 일박을 했다.

그리고 다음 날부터 강행군을 시작했다.

선발여단은 쉬지 않고 행군했다. 보병의 행군은 하루 15~20킬로미터가 적당했으나 선발여단은 하루 50여 킬로미터를 행군했다.

역시 역참인 연산관(連山關)에서 하루를 머문 선발여단은 천산산맥으로 접어들었다. 천산산맥은 아주 높지는 않지만 지형이 거칠고 험했다. 산으로 접어들자 길이 좁아지고 거칠어서 몇 사람이 함께 지나기도 어려워졌다.

선발대 대장이 입을 열었다.

"사신들이 고생이 많았겠습니다. 이런 길을 1년에 몇 번씩이나 왕래했으니 말입니다."

"그러게. 북벌을 완수하면 가장 먼저 우회도로부터 건설해야겠어."

"그래야겠습니다. 이 산맥을 그대로 두었다가는 만주 경략에 아주 걸림돌이 되겠습니다."

한동안 산을 오른 조선군은 첫 고개인 마운령(摩雲嶺)을 넘었다. 그렇게 얼마를 더 행진하다가 첨수참(甛水站)이라는 역참에 도착했다.

여단본부에서 전갈이 왔다.

"이곳에서 점심을 먹고 잠시 휴식한다고 합니다."

선발대 대장이 지시했다.

"행군을 중지하라. 각 중대는 현 위치에서 점심을 먹는다."

조선군은 전투식량으로 건빵을 만들었다. 그래서 지금과 같이 야전에서의 점심은 물과 건빵으로 간단히 때웠다.

점심을 먹고 휴식을 취한 병력은 행군을 시작했다. 그리고 험난한 고갯길인 청석령(靑石嶺)을 넘었으며 그다음부터는 내리막이어서 행군에 속도가 붙었다.

그러나 산을 다 내려올 수는 없어서 다시 낭산(狼山)에서 일박을 해야 했다. 그리고 다음 날, 다시 행군을 시작해서 점심나절 드디어 산을 벗어났다.

갑자기 끝없는 만주 벌판이 나왔다.

선발대 대장이 탄성을 터트렸다.

"아! 요양성의 백탑입니다."

이틀 동안 거친 산을 행군하다가 만난 만주벌판은 가슴이 탁 트일 정도로 웅장했다. 끝없는 지평선과 그 앞에 우뚝 서 있는 요양성의 백탑은 감탄이 절로 나왔다.

대진도 감탄했다.

"대단하구나. 거친 산을 넘어와 이 벌판을 본 사람치고 감탄하지 않을 사람이 없겠어."

"그러게 말입니다. 끝도 없이 펼쳐진 지평선을 보니 가슴이 절로 웅장해집니다."

잠시 후.

여단 병력이 모두 산을 내려왔다. 병력을 집결시켜 인원을 확인받은 여단장이 지시했다.

"요양을 향해 전진하라!"

여단 병력은 행진을 시작했다.

요양성에서도 분명 이런 움직임을 포착했을 것이다. 그런데도 요양성에서는 어떠한 움직임도 보이지 않았다.

그 대신 피난민들이 끝도 없이 성을 빠져나가고 있었다.

상황이 이상하다고 느낀 선발대 대장은 급히 여단장에게 보고했다.

"전군 정지!"

여단장은 행군을 정지시켰다.

그러고는 무인정찰기 운용부대로 전령을 보내 요양성의 상황을 정찰하게 했다.

얼마의 시간이 지나서 참모장이 보고했다.

"요양성에 병력이 거의 없다고 합니다."

여단장은 의아했다.

"그게 무슨 말이야? 병력 지원을 받지 못했다고 해도 자체 병력이 몇천 명은 있을 터인데."

참모장이 예상했다.

"혹시 성경을 방어하기 위해 요양을 포기한 것은 아닐까요?"

여단장이 눈을 크게 떴다.

"충분히 가능성이 있는 일이다."

이때였다.

전방에 있던 대진이 뒤로 다가왔다.

대진은 여단장을 보고 인사했다.

"충성! 수고가 많습니다."

"충성! 어서 오게."

대진이 먼저 보고했다.

"요양에 적군이 거의 없는 것 같습니다."

"그렇지 않아도 무인정찰기부대가 그런 연락을 해 왔어. 아마도 성경을 방어하기 위해 병력을 그리로 보낸 것 같아."

"우리로서는 아주 잘된 일이네요. 그러면 바로 입성하지 말고 잠시 기다리시지요."

여단장이 바로 알아들었다.

"저들에게 피난할 시간을 주자는 거야?"

"예, 그게 우리로서는 더 좋지 않겠습니까?"

여단장이 동의했다.

"좋아. 그렇게 하자. 어차피 한족을 몰아내기 위한 소개 작

전도 펼쳐야 하는 마당이니 피난할 시간을 하루 정도 주자."

"잘 생각하셨습니다."

여단장이 지시했다.

"참모장, 우리 병력을 요양에 최대한 접근해서 대기하도록 하자. 그리고 수색 병력을 보내 성경의 상황을 파악하도록 조치하라."

참모장이 대답했다.

"예, 알겠습니다."

곧바로 몇 필의 말이 북쪽으로 달려갔다.

선발여단은 요양으로 천천히 접근했다. 조선군이 다가오자 피난하는 요양 주민들의 발걸음이 급격히 빨라졌다.

조선군이 성에 접근했음에도 대응하는 청군은 보이지 않았다. 선발대 대장은 초급무관 몇 명을 보내 성벽을 올라가 보게 했다.

지그재그로 성벽까지 달려간 초급무관은 갈퀴를 던져 성가퀴에 걸었다. 그리고 누구보다 재빠르게 성벽으로 올라갔다.

그런데 성을 방어해야 할 청군 병력이 어디에도 없었다. 조선군이 다가오자 그나마 남아 있던 청군도 모조리 도주한 것이다.

초급무관이 손가락으로 X 자를 만들어 보이며 소리쳤다.

"성벽에 아무도 없습니다."

곧이어 아래에서 대기하고 있던 초급무관들도 성벽을 올

라갔다. 그리고 몇 명이 아래로 내려가 닫혀 있던 성문을 열었다.

끼익!

그것을 본 선발대 대장이 소리쳤다.

"성문이 열렸다! 사주경계를 철저히 하며 성문으로 진격하라!"

그러고는 자신이 먼저 몸을 낮추고서 달려 나갔다. 대진도 그런 대대장과 보조를 맞춰서 뛰었다.

성문에 도착한 대진은 가장 먼저 성문을 통과해서는 성벽으로 달려 올라갔다.

5장

요양 성벽을 올라간 대진은 주변을 살폈다.

그런데 어디에도 청군은 없었다. 뒤따라 성벽을 올라온 선발대 대장이 놀라워했다.

"정말 아무도 없네요. 청군이 요양을 포기한 게 맞았습니다."

"맞아. 우리로서는 다행한 일이지."

이때였다.

요양성 내 곳곳에서 불길이 치솟았다. 그런데 그렇게 치솟은 불길이 예사롭지 않았다.

"누가 일부러 불을 냈나 봅니다. 병력을 내려보내 진화해야겠습니다."

대진이 고개를 저었다.

"아니야. 그대로 놔둬. 누군가 우리가 당황하라고 일부러 불을 질렀나 본데, 건물이 불타는 것이 우리에게도 나쁘지 않아. 어차피 새로운 도시를 만들려면 성내 건물은 전부 철거해야 해."

대화하는 그 잠깐 사이에도 불길은 급격히 사방으로 번져 갔다. 그 바람에 피난하지 않고 버티려던 사람들조차 놀라 급히 짐을 쌌다.

불길은 불어오는 봄바람에 편승해 더욱 거세게 확산되었다. 그렇게 확산된 불길은 얼마 가지 않아 요양성 내를 대부분 뒤덮어 버렸다.

이렇게 시작된 불길은 사흘 동안 요양성 내를 거의 잿더미로 만들었다. 불길이 커지면서 요양과 그 일대의 한족들은 거의 전부 피난을 떠났다.

조선군은 요양이 불에 타는 것을 그대로 내버려 두었다. 그 대신 본진이 내려와 쉽게 자리를 잡을 수 있도록 주둔지 구축에 최선을 다했다.

사흘 후.

조선군 본진이 요양에 도착했다. 선발여단장이 휘하 장병들을 이끌고 본진을 맞았다.

"충성! 어서 오십시오."

손인석이 답례했다.

"충성! 수고가 많다."

손인석이 선발여단장의 안내를 받아 요양성 내를 둘러봤다. 사흘 동안의 불로 성내에는 제대로 된 건물이 거의 남아 있지 않았다.

"이 정도면 거의 잿더미라고 해도 과언이 아니구나."

여단장이 보고했다.

"작정하고 불을 낸 거여서 손쓰기가 어려웠습니다. 그리고 공연히 내부로 진입했다고 시가전이 벌어지면 인명피해가 발생할 가능성도 높았고요."

"잘했어. 어차피 전부 밀어붙이고 새로 만들 계획이었어. 그러려면 건물이 그대로 있는 것보다 이렇게 전부 불타 없어지는 것이 더 좋아."

대진도 거들었다.

"맞습니다. 차라리 지금처럼 벽돌 잔해만 남아 있는 것이 더 좋습니다."

"그래도 잔해를 철거하려면 상당한 인력이 투입되어야겠네."

"앞으로 잡아들일 포로를 적극 활용하면 철거는 크게 어렵지 않을 것입니다."

손인석이 고개를 끄덕였다.

"맞네. 포로를 활용하면 되겠어. 그런데 여단장, 성경은 어떻게 되었지?"

선발여단장이 대답했다.

"수색조와 무인정찰기에 따르면 주변 병력을 전부 긁어모아서인지 1만여 명 정도가 집결해 있다고 합니다."

손인석이 놀랐다.

"의외로 많은 병력이 모였구나. 그 정도면 요양을 포기할 만하겠어."

선발여단장이 상황을 보고했다.

"성경의 성벽이 의외로 높은 것으로 알려져 있습니다. 저들의 전술 교리로서는 성의 공격과 방어 병력의 비율이 10 : 1입니다. 그래서 그 병력으로 최선을 다하면 성을 방어할 수 있다는 생각을 하고 있을 것입니다."

손인석도 동의했다.

"저들도 단단히 각오하고 있으니 성경의 전투가 치열해지겠어. 그렇다고 만주의 중심인 성경을 그대로 내버려 둘 수는 없는 일이지."

"아무래도 그렇게 될 공산이 큽니다."

대진이 나섰다.

"여기까지 무주공산인 것만 해도 고마운 일입니다. 그러지 않고 천산산맥에서 청군이 우리를 기다렸다면 상당히 어려운 전투가 되었을 것입니다."

손인석도 동조했다.

"맞아. 청석령 일대에 매복하고 있었다면 아주 곤혹스러웠을 거야."

"그리고 성경에는 청나라의 황궁이 있습니다. 아울러 성경 조정의 각 관청도 있고요. 그래서 이곳처럼 성내를 전부 불태우지는 못할 것입니다."

"성벽은 높지만 그런 시설들 때문에 청국도 마음대로 운신하지 못한다는 거로구나."

"그렇습니다. 그래서 성을 공략할 때 그런 부분을 적절히 활용하는 것이 좋을 듯합니다."

총참모장이 나섰다.

"그렇지 않아도 그 부분에 대해 중점적으로 연구해 두었어."

"잘하셨습니다."

손인석이 지시했다.

"성경 함락을 위해서는 본진이 직접 움직여야 할 것 같다. 그러니 선발여단은 지금 즉시 요하로 내려가 방어선을 구축하도록 하라. 그래서 한동안 버텨 주면 성경을 함락하고 바로 합류하겠다."

"북양군의 숫자가 3만이라고 하던데 우리만으로 방어선을 구축하기에는 조금 부족하지 않겠습니까?"

"병력 부족은 5정의 개틀링기관총이면 충분히 만회할 수 있지 않겠어?"

10배의 병력 차이였다. 하지만 개틀링기관총 5정이라면 해볼 만한 싸움이었다. 선발여단장이 흔쾌히 대답했다.

"알겠습니다. 혹시 모르니 무인정찰기도 배치해 주십시오."

"그렇게 하겠네."

대진이 나섰다.

"저도 선발여단과 함께하겠습니다."

손인석이 만류했다.

"성경 공략전에 참여하는 게 좋지 않겠어?"

"아닙니다. 성경보다는 요하 방면이 더 신경이 쓰여서 그리로 계속 합류하고 싶습니다."

"좋아! 그건 이 특보가 알아서 해."

손인석의 지시를 받은 선발여단은 곧바로 병력을 점검했다. 그리고 청나라가 만들어 놓은 관도를 따라 요하 방면으로 진군했다.

요양에서 요하까지 60여 킬로미터 남짓이다.

그러나 지류 몇 개를 건너야 했기에 요하에 도착한 것은 며칠이 지나서였다. 선발여단이 도착했음에도 아직 북양군은 나타나지 않았다.

요하에는 지류가 많다.

그런 지류 중 하나는 태자하(太子河)로 요양을 끼고 흐른다. 그중 다른 하나는 혼하(渾河)로, 성경까지 이어지고 있었다.

더구나 요하의 동쪽은 습지가 널려 있어서 대규모 병력을 운용하기 어렵다. 이런 지형적 영향으로 북양군의 진격 방향은 거의 한정되어 있어서 방어선을 구축하기에는 비교적 용이했다.

조선군은 대대별로 주둔지를 확보했다.

그러고는 참호와 교통호를 부설하면서 방어를 준비했다. 참호 등의 방어 시설을 설치하는 데 이틀의 시간이 지났다.

선발여단이 준비를 마칠 무렵.

무인정찰기로부터 전갈이 날아들었다.

"청나라 병력이 이틀 거리로 다가왔다고 합니다."

선발여단장이 지시했다.

"각 대대는 전투태세를 점검하고 현 위치를 고수하기 바란다."

대진은 선발대대와 함께 강변에서 대기하고 있었다. 선발대 대장이 권유했다.

"특보님, 후방으로 잠시 물러나 계시지요. 전투가 벌어지면 우리가 있는 곳이 종심방어선의 가장 선봉이 됩니다."

그러나 대진은 고개를 저었다.

"아니야. 이 상황에서 내가 물러가면 사기에 영향을 끼칠 수 있어. 그리고 이곳이 선봉이면 더더욱 뒤로 물러나면 안 되지."

"전투가 벌어지면 위험합니다."

대진이 크게 웃었다.

"하하하! 이 사람, 나도 아직은 현역이어서 한몫은 충분히 할 수 있는 사람이야. 그러니 내 신경은 쓰지 않아도 돼."

"예."

선발대 대장은 대진이 걱정되었다. 그러나 대진의 태도가 워낙 강경해 더 권하지는 못했다.

대진은 조일전쟁에서는 참관만 했다. 그래서 이번 북벌에서는 참전을 경험해 보고 싶었다.

그러나 대대장의 표정이 너무 굳어 있어서 그런 말을 하지 못했다. 그 대신 대대장의 기분을 풀어 주기 위해 말을 돌렸다.

"청군이 우리가 요동을 장악했다는 소식을 들었으면 강을 건너려 하겠어? 병력이 많이 없는 그들로서는 요하를 방어선으로 구축하는 것이 훨씬 유리하잖아."

"저도 그럴 거라는 생각은 합니다. 하지만 청나라가 우리의 전력이 적다고 오판을 한다면 전격적으로 도강을 시도할 수도 있지 않겠습니까?"

대진도 동의했다.

"우리 병력이 적은 것을 노릴 수는 있겠지."

"그렇습니다. 더 큰 문제는 청나라는 우리가 보유하고 있는 화력을 알지 못한다는 것입니다. 그렇게 오판과 오해가 겹치면 돌발행동을 취할 수도 있는 상황입니다."

대진이 절로 고개를 끄덕였다.

"충분히 그렇게 할 수 있는 상황이겠어. 그러면 만일에 대비해 진지보강을 더 해야겠구나."

선발대 대장도 동조했다.

"그렇게 해야 할 것 같습니다. 아울러 여단본부에 보고해 개틀링 1정을 더 지원받아야겠습니다."

"좋은 생각이야. 여단본부가 예비용으로 갖고 있는 개틀링을 여기에 배치하는 것이 훨씬 효율적이겠지."

선발대 대장은 바로 움직였다.

그는 직접 여단본부를 찾아가서는 여단장에게 우려되는 상황을 보고했다. 그러고는 여단장의 허락을 받아서는 개틀링 1정을 받아 왔다.

그렇게 가져온 개틀링을 포함한 2정을 교차사격이 가능하도록 배치했다. 그러고는 개틀링을 손으로 쓰다듬으면서 한마디 했다.

"기관총 2정을 설치하니 천군만마를 얻은 기분이네요."

대진이 동조했다.

"지금의 전투력에서는 천군만마가 맞지. 더구나 교차 배치된 개틀링을 무시하고 청군이 도강한다면 기관총의 화망을 벗어나기 어려울 거야."

"맞습니다. 이런 화력 배치는 청군이 처음 경험하는 거여서 쉽게 벗어나기 어려울 것입니다."

대진과 대대장이 동시에 고개를 끄덕였다.

이틀 후.

청나라 병력이 요하에 도착했다.

3만여 명의 청군은 요하에 도착하자마자 방어 준비를 시작했다. 청군 장수 위여귀는 망원경으로 요하 건너편의 조선군을 살펴봤다.

그런 그가 호탕하게 웃었다.

"하하하! 조선군이 겨우 저 정도였단 말인가? 허술해도 너무 허술하잖아."

부관이 덩달아 부추겼다.

"장군, 생각했던 것보다 병력이 너무 적습니다."

"그러게 말이다. 우리 병력은 3만 정병이다. 허약한 조선군이 요하를 넘으려면 적어도 10만은 있어야 한다. 그런데 고작 저 병력으로 우리와 맞서려 하다니 기가 찰 따름이구나."

부관이 다시 나섰다.

"장군, 혹시 조선군이 착각하고 있는 건 아닐까요?"

"착각?"

"예, 우리는 요하를 방어하러 왔습니다. 그런 우리가 도강을 하지 않을 거란 오판을 하고 있어서 저렇게 허술한 병력만 배치한 게 아닐까요?"

"음!"

위여귀는 청나라에서도 성격이 급하기로 유명한 장수였다. 그런 위여귀에게 부관의 조언은 달콤한 꿀과 같았다.

"알았다. 우선은 우리 병력을 집결시켜 놓고 생각해 보자."

3만의 병력이 집결하는 데에도 하루가 걸렸다. 그 하루 동안 위여귀는 수십 명의 병사를 풀어 조선군의 배치 상황을 조사하게 했다.

그가 휘하 장수를 소집했다.

“적정을 파악한 바로는 조선군의 숫자가 수천에 불과하다. 그런 조선군을 우리가 격멸하지 못할 이유가 없다고 생각한다. 귀관들의 생각은 어떤가?”

위여귀의 질문에는 도강을 하겠다는 의지가 그대로 드러나 있었다. 그럼에도 휘하 장수 1명이 우려를 표명하고 나섰다.

“장군, 우리의 임무는 조선군의 진군을 저지하는 것이 목적입니다. 그런 임무를 무시하고 도강을 한다면 훗날 큰 질책을 받지 않겠습니까?”

위여귀가 고개를 저었다.

“최선의 수비는 공격이라고 했다. 우리의 궁극적인 목적은 조선군의 진군을 저지하고 나아가 조선군을 격멸하는 것이다. 그런데 적의 병력이 적은 것을 보고 공격하지 않는다면 그 또한 직무유기라고 할 수 있다.”

부관이 나섰다.

“옳은 말씀입니다. 요하 건너편에 주둔해 있는 조선군은 많아 봐야 이삼천에 지나지 않습니다. 그런 조선군을 공격해 섬멸한다면 아군의 사기가 크게 증가할 것입니다. 나아가 도강 이후 배수의진을 구축할 수 있어서 방어에 도움이 될 수도 있고요.”

그때 다른 장수가 이의를 제기했다.

“배수의진은 위험합니다. 아무리 조선군이 구식 군대라고 해도 나름대로 훈련을 받았을 것입니다. 그런 조선군을 상대로 배수의진을 친다면 자칫 엄청난 피해를 입을 수 있습니다.”

“맞습니다. 그렇게 된다면 전투에 이기고도 장군께서 문책당하실 수도 있사옵니다.”

배수의진에 대해 부정적인 의견이 쏟아졌다. 위여귀도 거기에 대해서는 별다른 이의를 제기하지 않았다.

“알겠다. 그 문제는 사태를 봐 가면서 대응하자. 그러면 도강해서 조선군을 격멸하는 것에는 이의가 없나?”

“없습니다.”

“좋아, 그러면 지금부터 도강에 따른 전투에 대해 논의해 보자.”

청군 장수들이 머리를 맞댔다.

청나라 병력이 나타나고부터 대진은 수시로 강변을 나와 적정을 살폈다. 그런 대진의 행보에는 늘 대대장이 따랐다.

청나라 병력이 도착하고 이틀이 지났을 때, 요하 건너편이 어수선해지기 시작했다.

대진이 급히 망원경을 들었다. 그런 대진의 망원경에 목재를 갖고 바쁘게 움직이는 일군의 청나라 병력이 포착되었다.

대진은 탄식했다.

“이런, 청군이 기어코 도발을 하려고 하는구나.”

선발대 대장이 이를 갈았다.

"으득! 이놈들이 우리가 병력이 적은 것을 알아채고 도강하려 합니다."

선발대 대장이 바로 망원경을 내렸다.

"당장, 대응해야겠습니다."

"그렇게 해. 적정은 내가 주시하고 있겠어."

"부탁드립니다."

선발대 대장은 급히 뒤로 달려갔다. 그리고 얼마 후 선발여단장이 직접 강변으로 달려왔다.

"어떻게 되었나?"

대진이 손으로 적정을 가리켰다.

"청나라 병력이 부교를 만들려고 준비하고 있습니다."

여단장이 주먹을 움켜쥐었다.

"이놈들, 하룻강아지 범 무서운 줄 모른다고 겁도 없이 달려들고 있구나."

"우리 병력이 적은 것을 얕잡아 보고 공략하려는 것 같습니다."

"좋아, 그러면 작은 고추가 얼마나 매운지 톡톡히 맛을 보여 주마. 참모장!"

"예, 여단장님."

선발여단장이 지휘봉을 들었다.

"저기 청나라 병력이 집결해 있는 지점에 박격포로 대대적인 포격을 가하도록 해."

"예, 알겠습니다."

참모장이 뒤로 달려갔다.

선발여단장이 선발대 대장을 돌아봤다.

"정신 똑바로 차려야 할 거야. 저들도 작정하고 달려든 것이니만큼 쉽게 물러서지 않을 거다."

선발대 대장이 나섰다.

"걱정하지 마십시오. 요하를 피로 물들이는 한이 있더라도 단 한 명의 청군도 도강을 못 하게 만들겠습니다."

"잘 부탁한다. 선두가 뚫리면 방어하기 더 어려워. 측면의 대대도 지원해 줄 것이니만큼 최선을 다해 주기 바란다."

"명심하겠습니다."

이들이 대화를 나누는 중에도 청군은 강변으로 모여들고 있었다. 그런 청군 병력들은 하나같이 부교를 위한 목재들을 이고 지고 있었다.

그리고 얼마 후.

퐁! 퐁! 퐁! 퐁!

박격포 특유의 발사음이 수십 번 들렸다. 그렇게 날아오른 포탄은 청군을 정확히 타격했다.

꽝! 꽝! 꽝! 꽝!

박격포의 타격 범위는 분명 야포보다 적었다. 그러나 아직 폭발하는 포탄을 사용하지 않고 있는 청국에는 그조차 재앙이었다.

정확하게 타격하면서 터지는 폭탄에 단번에 100명이 넘는 병력이 죽어 나갔다. 갑작스러운 포격에 청군은 당황하지 않을 수가 없었다.

청군수장 위여귀는 크게 당황했다.

"아니, 이게 어떻게 된 거야? 포탄이 폭발하다니."

부관도 당황하기 마찬가지였다.

"장군, 생전 처음 보는 포탄입니다. 이런 공격을 계속당하다 보면 부교를 놓기 위한 병력을 전부 잃을 수도 있겠습니다."

위여귀가 소리쳤다.

"어떠한 일이 있더라도 부교를 건설해야 한다! 그러니 병력을 더 투입하도록 하라!"

위여귀의 지시에 따라 청군이 대거 한곳으로 몰려들었다. 조선군의 박격포는 그런 청나라 병력에게로 화력을 집중시켰다.

쾅! 콰쾅! 쾅!

주변은 일순간에 피로 물들었다.

청나라 병력은 더 많은 병력을 밀어 넣으면서 끝까지 부교를 놓으려 했다. 그런 청나라 병력의 머리 위로 포탄이 비처럼 쏟아져 내렸다.

잠깐 사이 피해가 급격히 불어났다.

그러나 청군은 조금도 물러서지 않고 부교를 놓아 나갔다. 조선군의 포격은 부교에도 떨어지면서 몇 번이나 폭파되었다.

그때마다 청나라는 병력을 더 투입해 부교를 놓았다. 그런 막대한 희생이 쌓이면서 부교는 조금씩 완성되어 갔다.

그렇게 부교가 완성될 즈음.

대진이 소총을 들었다. 그러고는 부교를 놓고 있는 청군의 선두 무관을 정확히 조준했다.

탕!

청군 무관의 머리가 그대로 날아갔다.

이게 시작이었다.

탕! 탕! 탕! 탕!

선발대대 병력 중 저격수들이 일제히 사격을 가했다. 이 사격으로 부교를 놓고 있던 청군의 대부분이 사살되었다.

그러자 또 다른 청군이 달려 나왔다. 그런 청군을 대진과 저격수들이 일제히 쓸어버렸다.

탕! 탕! 탕! 탕!

청군 대부분이 또 사살되었다.

이 정도 되면 누구라도 주춤하기 마련이었다. 그러나 병력으로 밀어붙이려고 작정하고 있던 청군은 조금도 물러서지 않았다.

청군은 더 많은 병력이 몰려왔으며, 조선군은 여지없이 그 병력을 저격했다. 이런 공방이 몇 번 거듭되면서 청군은 어찌어찌 부고를 다 건설했다.

"와!"

청군이 부교를 이용해 강을 건너려 했다. 그러나 그런 청군을 기다리고 있던 개틀링이 불을 뿜기 시작했다.

투! 투! 투! 투!

개틀링은 손으로 방아쇠를 돌린다.

그래서 자동기관총보다 격발 속도가 조금 늦다. 그러나 기관포와 같은 총탄은 그런 부족함을 채우고도 남았다.

부교를 건너는 청군은 추풍낙엽처럼 쓰러졌다. 그럼에도 더 많은 청군이 달려들었으며 개틀링은 그런 청군을 조금도 용서하지 않았다.

이런 사이사이에 저격수들이 살아남은 청군을 정확히 사살했다. 부교를 건너면서 엄청난 청군이 죽어 나갔다.

그로 인해 요하는 어느 순간 피의 강으로 변하기 시작했다. 시간이 지날수록 위여귀의 안면은 점점 일그러져 갔다.

그는 병력의 숫자를 믿고 밀어붙이려 했다. 그런 이런 무모한 계획 때문에 갈수록 사상자는 급격히 불어나고 있었다.

상황을 지켜보던 부관이 조심스럽게 의견을 냈다.

"장군, 아군의 피해가 너무 큽니다. 아무래도 다른 대책을 강구해야 할 것 같습니다. 이런 식으로 계속 병력을 투입하다가는 성공도 못 하고 엄청난 피해만 양산할 우려가 높습니다."

위여귀는 입맛이 썼다.

부관은 누구보다 먼저 도강해서 조선군을 섬멸하자는 건의를 했다. 그런 부관이 이제는 조심스럽게 실패를 입에 올리고 있었다.

“병력을 후퇴시키자는 것이냐?”

부관이 바로 대답을 못 했다.

“……우선은 대응 포격이라도 해야 하지 않겠습니까? 그리고 부교가 어려우면 배를 이용해서 도강하는 것도 방법일 것이고요.”

위여귀가 결정했다.

“그래, 최선이 아니면 차선이라도 해야겠지. 부교 도강과 배로의 도강을 동시에 진행하자. 그러니 부관은 모든 장수들에게 내 지시 사항을 전하라.”

“예, 알겠습니다.”

부관이 급히 뛰어나갔다.

잠시 후.

수십 척의 배가 도강을 시도했다.

그러나 이 시도도 성공하지 못했다.

공격이 시작되면서 주변 대대가 일제히 선발대대를 지원하고 있었다. 그런 병력은 청군이 배로 도강을 시작하자 일제히 총구를 돌렸다.

탕! 탕! 탕! 탕!

투! 타! 타! 타!

소총과 개틀링이 청군이 탄 배를 향해 일제히 사격을 가했다. 이런 사격에 청군은 무더기로 죽어 나갔다.

그뿐만 아니라 개틀링의 사격을 받은 배는 곳곳이 구멍이 뚫리면서 무용지물이 되었다. 이로 말미암아 가뜩이나 피로 물든 요하가 더 붉어졌다.

청군은 지속적으로 도강을 시도했다. 그러나 이렇듯 무모한 도강은 막대한 인명피해를 남기면서 끝내 성공을 거두지 못했다.

그리고 날이 어두워졌다.

청군의 무모한 도강 시도는 날이 어두워지면서 끝났다. 수많은 사상자를 남긴 채 위여귀는 어쩔 수 없이 병력의 철수를 지시했다.

이날 저녁.

대진은 선발대 대장과 식사했다. 점심도 거른 채 이어진 전쟁이어서 야전 식사도 꿀맛이었다.

선발대 대장이 고개를 숙였다.

“오늘 고생 많으셨습니다.”

“내가 고생한 것이 있나. 병사들이 너무도 잘 싸워 주어서 의외로 쉽게 청군을 물리칠 수가 있었어.”

선발대 대장이 뿌듯해했다.

“역시 경험이 최고의 자산인 것 같습니다. 청군이 그렇게 밀려왔는데도 우리 장병들은 조금도 당황하지 않고 대처해 나갔습니다.”

대진도 동의했다.

“맞는 말이야. 내가 날린 초탄에 맞춰서 장병들이 동시에 사격을 가했어. 그러라고 일부러 지시하지도 않았는데도 말이야.”

“그러게 말입니다. 저도 그 장면에서 아주 기분이 좋았습니다. 개틀링도 적당한 시기에 총격을 시작했고요.”

“초급무관들이 잘해 주고 있어서 다행이야. 조일전쟁에서도 초급무관의 활약이 대단했잖아.”

선발대 대장이 격하게 동조했다.

“맞습니다. 오늘의 승리는 전적으로 그들이 있어서 가능했습니다. 그리고 우리 대대의 위관 대부분이 초급무관 출신들입니다.”

대진은 크게 고개를 끄덕였다.

“역시, 그랬구나. 그래서 전투가 벌어졌어도 누구 하나 당황하지 않았어.”

“내일도 무모한 도강이 계속할까요?”

“방법은 바꿀지 몰라도 그럴 것 같아. 이렇게 패배하고 물러선다면 하지 않은 것만 못한 꼴이 되잖아. 그러면 사기에 악영향을 끼칠 수밖에 없을 것이고. 그런 일을 방지하기 위해서라도 청군은 내일 분명히 도강을 재차 시도할 거야.”

“저도 그럴 것 같다는 생각입니다. 기왕 시작한 일을 중도에서 포기하지는 않을 것입니다.”

"오늘보다는 내일이 더 치열할 것 같은 생각이 들어."

"야간공격은 하지 않겠지요?"

대진이 고개를 저었다.

"요하가 아무리 유속이 느리다고 해도 그렇게 하지는 못할 거야. 그러나 오늘의 패배를 만회하기 위해서라도 내일 일찍부터 공격을 시작할 공산이 커."

"병사들에게 단단히 주의를 주어야겠습니다."

"그래, 무조건 버텨야 이기는 전투야. 병사들에게 강해서 이기는 것이 아니라 버텨야 이기는 전투라는 사실을 꼭 주지시키도록 해."

"알겠습니다."

선발대 대장은 중대장들을 소집했다.

하루 종일 이어진 전투였으나 승전한 덕에 중대장들의 표정은 밝았다. 선발대 대장은 오늘의 승전을 치하하고는 내일 전투에 대한 대비 태세를 주문했다.

그리고 다음 날.

날이 밝자 청군의 공격이 재개되었다.

전날과 달리 청군은 대대적인 포격전부터 시작했다. 그러나 이러한 포격은 곧 이어진 박격포의 반격에 포대가 박살나면서 바로 끝났다.

이어서 청나라 병력은 전날과 같이 부교와 배를 이용한 도강을 다시 시작했다. 조선군은 이러한 공세에 대비해 만반의 준비를 하고 있었다.

저격수의 소총 사격이 이어졌다. 그리고 전날과 같은 개틀링의 교차사격이 진행되었다.

전날과 똑같은 패턴이었다. 이러한 조선군의 공격에 청군은 추풍낙엽처럼 쓰러져 갔다.

요하 주변은 이내 시산혈해가 되었다. 그리고 요하는 다시 핏빛의 강으로 변해 갔다.

6장

요하전투가 진행되고 있을 무렵.

조선은 다른 공격을 준비하고 있었다.

제물포 선착장.

국방대신 신헌이 도열해 있는 지휘관들에게 다가갔다. 그런 지휘관의 선두에는 해병대사령관 장병익이 있었다. 장병익은 이번 원정군의 사령관을 맡고 있었다.

신헌이 당부했다.

"장 사령관, 잘 부탁하네. 귀관의 어깨에 조선의 미래가 걸려 있어."

장병익이 다짐했다.

"걱정 마십시오. 반드시 승리해서 대업의 영광을 주상 전하께 바치도록 하겠습니다."

"고맙네. 주상 전하께서 이 말씀을 들으면 누구보다도 기뻐하실 것이네."

신헌이 옆에 있는 수군 제독을 바라봤다. 수군 총사령관 이재봉(李載鳳) 제독이었다.

"이 제독, 잘 부탁하네."

"걱정하지 마십시오. 우리 원정함대는 해병대와 육군이 무사히 상륙할 수 있도록 최선을 다할 것입니다. 그리고 이번 작전은 제가 직접 지휘할 것입니다."

"이 제독이 직접 지휘하신다니 그나마 마음이 놓이네."

신헌은 도열해 있는 지휘관들과 일일이 악수를 나누었다. 그렇게 인사를 마친 지휘관들은 서둘러 승선했다.

이재봉이 기함의 함장에게 지시했다.

"함장! 출항을 지시하게."

"예, 알겠습니다."

함장이 소리쳤다.

"출항하라! 닻을 올리고 기관실은 기관의 출력을 높이도록 하라!"

통신관이 전성관(傳聲管)에 소리쳤다.

"출항이다! 기관실 출력을 높여라!"

곧이어 시꺼먼 연기가 연돌에서 치솟았다. 그와 동시에 기함이 서서히 선착장을 빠져나갔다.

국방대신 신헌은 기함이 항구를 빠져나갈 때까지 전송해 주었다. 항구를 나온 기함은 해상에서 대기하고 있던 선단에 합류했다.

붕!

기함이 합류하면서 기적을 울렸다. 그 소리에 맞춰 수송선단 수십 척이 일제히 항해에 들어갔다.

장병익이 이재봉을 찾았다.

"제독님, 항해하는 동안 잘 부탁드립니다."

이재봉이 웃으면서 대답했다.

"하하하! 별말씀을 다 하십니다. 당연히 우리 수군이 해야 할 일인 것을요."

"하루빨리 우리 해병대도 상륙함대를 운용해야 하는데 아쉽습니다."

"조선소에서 철선을 제작하고 있으니 머잖아 그런 때가 올 겁니다."

"예, 다른 배는 차치하고라도 상륙주정만큼은 꼭 보유하고 싶습니다."

이재봉이 덕담을 했다.

"상륙주정만으로는 부족하지요. 우리 수군에서도 전폭적으로 지원하고 있으니 곧 좋은 함정을 인도받을 수 있을 것입니다."

"말씀만 들어도 감사합니다."

조선은 해양영토 수호를 위해 해병대를 집중적으로 육성하고 있었다. 그 결과, 해병대는 조일전쟁보다 조금 늘어난 6만여 명의 병력을 보유하게 되었다.

해병대는 북해도와 유구도, 그리고 태평양의 각 섬에 2만여 명이 배치되어 있었다. 그래서 이번 원정에는 그 병력을 제외한 4만여 명이 참전하고 있었다.

이재봉이 아쉬워했다.

"해병대가 병력을 좀 더 빨리 증강되었으면 좋았을 것을요. 그랬다면 이번 상륙작전에 해병대만으로 병력을 운용할 수도 있었을 터인데요."

장병익도 동조했다.

"그러게 말입니다. 그러나 해병대는 무작정 육성할 수가 없습니다. 육군과 달라서 육성하는 데 많은 시간이 필요하고, 운용하는 데에도 육군보다 많은 비용이 투입되어야 합니다. 그리고 초급간부들의 수요도 많고요."

"그래도 지원자들이 넘쳐 나지 않습니까?"

장병익이 크게 고개를 끄덕였다.

"물론입니다. 훈련이 힘들다는 것이 소문이 났음에도 지원자들은 많습니다."

"아무래도 초급간부로의 승진 기회가 많다는 것이 소문나서겠지요?"

"아마도 그게 가장 중요한 이유일 것입니다."

이재봉이 말을 돌렸다.

"저도 그렇지만 우리 지휘관들도 요즘 많이 놀라고 있습니다."

"무엇 때문에 그렇습니까?"

이재봉이 사정을 설명했다.

"불과 몇 년 전만 해도 대부분의 유생들은 무관이 되는 것을 꺼렸습니다. 일은 험한 데에 비해 진급할 기회도 적고 사회적으로도 인정받지 못했기 때문이지요. 그런데 지금은 상전벽해가 된 것처럼 무관 지원자들이 넘쳐 나고 있지 않습니까?"

"그렇다는 말은 들었습니다."

이재봉은 고개를 저었다.

"이건 상상 이상입니다. 무관학교는 경쟁이 심해서 웬만한 성적으로는 입교를 꿈도 못 꿀 정도가 되었습니다. 대학에서도 학도호국단에 지원하려는 학생들이 넘쳐 나고 있고요."

장병익이 동조했다.

"그만큼 사회가 격변하고 있다는 것을 젊은이들도 알고 있다는 뜻이지요."

"맞습니다. 지금은 무인의 시대인 것 같습니다."

"하하! 무인의 시대라고요?"

"예, 학교에서도 교련을 필수로 가르치고 있습니다. 그뿐만 아니라 나라에서도 전력을 다해 군을 육성하고 있고요."

장병익도 인정했다.

"맞습니다. 자주국방을 위해서는 반드시 강군을 양성해야 합니다. 그리고 이제는 우리 조선도 지킬 것이 많아졌지 않습니까? 무엇보다 해양 강국을 기치로 내걸고 있어서 수군과 해병대의 전력이 가장 많이 증강되고 있는 상황이고요."

"그렇지요. 군사력 증강에 가장 많은 혜택을 보고 있는 것이 우리 수군이지요."

"예, 맞습니다."

"그리고 이번 상륙작전에서 천진의 대고(大沽)포대를 직접 타격하는 것은 알고 계시지요?"

"물론입니다."

그때 대화를 듣고 있던 다른 수군 지휘관이 궁금해했다.

"대고포대는 상륙 지점과 조금 떨어진 곳인데 그런 포대를 공략할 이유가 있습니까?"

"당연히 있지요."

장병익이 설명했다.

"지난 1859년 청국을 공격한 서양연합군이 대고포대를 공격했던 적이 있었습니다. 그 당시 첫 번째는 포격전과 함께 정면 탈환을 시도했는데 대참패로 끝났습니다."

"서양 국가가 공격에 실패를 했다고요?"

장병익의 설명이 이어졌다.

"그렇습니다. 그래서 다음해인 1860년, 서양연합군은 계획을 수정해 18,000명가량을 상륙시켜 우회 공격을 한 끝에 겨우 함락시켰지요."

수군 지휘관이 이해했다.

"그런 대고포대를 우리가 포격으로 박살 낸다면 상징적 의미가 아주 크겠군요."

장병익이 크게 고개를 끄덕였다.

"그렇지요. 청나라는 우리와 달리 외국 공관을 천진에 설치하게 했습니다. 그런 상황에서 자신들이 실패한 대고포대를 박살 낸다면 서양은 아마도 큰 충격을 받을 것입니다."

이재봉 제독이 나섰다.

"본국의 군사력에 대해 한 번 더 생각하는 계기가 되겠군요. 그러면서 절대 낮춰 보지 않게 될 것이고요."

장병익이 동조했다.

"그렇습니다. 우리 조선은 앞으로 많은 지역에 진출하게 됩니다. 그런 우리가 현지에서 제대로 된 활약을 펼치기 위해서는 군사력의 든든한 뒷받침이 반드시 필요합니다."

"일본에 이어 청국에서도 우리가 압승을 한다면 유럽 제국도 우리를 쉽게 보지는 못할 것입니다."

장병익도 인정했다.

"맞습니다. 그게 가장 중요한 핵심입니다. 이번 기회에 유럽의 어느 나라도 우리를 결코 쉽게 보지 못하게 만들어야 합니다."

장병익이 수송선단을 죽 둘러봤다.

"지금의 이 전력은 시작에 불과합니다. 앞으로 어느 누구든 우리 조선을 상대하려면 몇 번이고 심사숙고하게 만들어야 합니다.”

이 말에 모두가 고개를 끄덕였다.

수군 함대가 북진하고 있을 무렵.

요하에서도 혈전이 거의 마무리되어 가고 있었다.

청나라는 사흘 동안 도강을 실시했다.

청군은 인해전술을 펼치듯 무지막지하게 병력을 밀어냈다. 그러나 조선군의 강력한 방어에 막혀 도강은 번번이 실패했다.

실패가 거듭되면서 요하 일대는 청군의 시신으로 쌓여 갔다. 그러면서 요하는 사흘 내내 청군이 흘린 피로 뒤덮였다.

그리고 나흘째 되는 날.

다른 날과 같은 공격이 없었다.

대진은 사흘 내내 강변에서 적을 막고 있었다. 처음에는 뒤로 물러서라는 선발대 대장의 권유가 몇 번 있었다.

그러나 전투가 이어지면서 선발대 대장까지 강변에 나와 적군을 막았다. 이런 두 사람의 분전으로 전투가 벌어지는 내내 사기는 하늘을 찔렀다.

전투는 날이 밝으면서 시작된다.

그래서 이날도 전투식량으로 이른 아침을 먹고 기다렸다. 그런데 해가 중천에 오를 때까지 청군의 공세가 없었다.

선발대 대장이 참호에서 일어났다.

"오늘은 공격을 하지 않나 봅니다."

대진도 몸을 일으켰다.

"그러게 말이야."

대진이 요하 주변을 살폈다.

요하 주변은 평원이어서 조선군은 일부러 참호를 조금 높게 만들었다. 덕분에 참호에서 요하가 내려다보였다.

그렇게 바라보는 요하는 온통 청군 시신으로 뒤덮여 있었다. 그뿐만 아니라 그들이 만들려는 부교는 거의 부서져서 형태만 남아 있었다.

"사흘 동안 인명피해도 많았지만 저들이 동원한 배도 거의 박살 났어. 거기다 부교까지 온전하지 못하니 오늘은 쉽게 도강을 결행 못하는 것 같아."

"배와 목재를 더 수습하려는 걸까요?"

대진이 고개를 저었다.

"예단은 금물이야. 우선은 여단장님께 보고해서 무인정찰기를 띄우도록 하자."

"제가 다녀오겠습니다."

잠시 후.

무인정찰기가 선발대대의 머리 위를 새처럼 날아갔다. 그렇게 날아간 무인정찰기는 한참이 되어서야 돌아왔다.

선발대 대장이 돌아왔다.

"청군이 도강을 포기한 것 같습니다."

대진이 놀랐다.

"아니, 사흘 동안 그렇게 많은 병력을 투입해 놓고 포기를 해? 무슨 일이 있는 거야?"

"동영상으로 파악한 바에 따르면 청군이 비어 있는 군막을 철거하고 있습니다. 그렇게 철거하는 군막이 전체의 절반이 넘는 것 같고요."

대진이 크게 고개를 끄덕였다.

"우리가 제대로 막아 냈구나."

"그러게 말입니다."

이때였다.

두두두두!

뒤에서 전령이 말을 타고 달려왔다.

"급보입니다! 성경을 공략하던 본진이 전날 공격에 성공을 했습니다!"

그 외침에 대진과 대대장이 서로를 바라봤다.

그리고 동시에 대소를 터트렸다.

"하하하!"

"하하하!"

"드디어 성공했구나. 요양에 이어 성경을 함락했으니 요동과 만주 평정은 시간문제가 되었어."

"맞습니다. 이렇게 빨리 목표를 이룰 줄은 몰랐습니다."

"청국의 수성 전략이 실패한 덕분이야. 병력이 아무리 없다고 해도 요동과 만주를 무주공산으로 만들어 놓을 줄은 누가 알았겠어."

"우리를 그만큼 얕잡아 봤기 때문이겠지요."

대진이 격하게 동조했다.

"맞아. 청국이 우리를 얕잡아 봐도 한참 얕잡아 보고 있어. 그러지 않았다면 이렇게 무모하게 요하를 건너려 하지도 않았을 거야. 요동과 만주를 거의 비워 놓지도 않았을 것이고."

"그러게 말입니다."

대진이 서쪽으로 고개를 돌렸다.

"지금쯤 해병대도 상륙작전에 나섰을 텐데 이 소식이 전해질는지 모르겠네."

비슷한 시각.

제물포를 출발한 지 이틀째 되는 수송선단에도 성경의 낭보가 날아들었다. 소식을 전해 들은 모든 지휘관들은 두 손을 번쩍 들으며 환호했다.

"축하드립니다."

"축하드립니다."

지휘관들은 서로에게 축하 인사를 건네며 성경 함락을 서로 기뻐했다.

이재봉이 지시했다.

"이런 소식은 모든 장병들에게 알리는 것이 좋다. 그러니 총참모장은 각 함에 승전 소식을 알려 주도록 하라."

"예, 알겠습니다."

소식이 알려지자 각 함의 승조원은 물론 해병대원들 모두 환호했다. 특히 결전을 앞두고 있는 해병대원들은 곧 있을 전투의 긴장감을 해소하려는 듯 그 어느 때보다 크게 환호했다.

장병익은 이런 분위기를 그대로 두지 않았다. 덕분에 이날 저녁 해병대는 모처럼 특식을 받고 푸짐한 식사를 할 수 있었다.

사흘째 되는 날.

수송선단이 발해만(渤海灣)으로 접어들었다. 그리고 몇 시간을 더 항해해 들어가니 천진 해변이 보이기 시작했다.

천진은 황하 이북에서 가장 큰 항구로 대운하가 지나가는 길목이다. 개항장으로 조계지가 있으며 각국 공사관이 주재하고 있다.

그래서 드나드는 배들도 상당히 많았다. 이런 배들이 수송선단을 보자 하나같이 몸을 피했다.

수송선단은 이들의 움직임을 보고도 일체 공격을 가하지 않았다. 그 대신 유유히 그들을 지나쳐 천진으로 접근했다.

천진은 난리가 났다.

선전포고를 한 상황이었고 북양군이 만주로 파견까지 되었다. 그래서 조선과 전쟁이 벌어졌다는 것을 모르지는 않았다.

그러나 조선군이 적지 한가운데인 천진을 공격해 올 거라고는 누구도 예상 못 했다. 특히 천진 방어의 주축인 대고포대는 비상종이 타종되면서 발칵 뒤집어졌다.

땡! 땡! 땡!

대고포대 지휘관은 마충(馬衝)이다.

마충은 이홍장의 최측근 장수다.

마충은 조선군의 갑작스러운 등장에 처음에는 당황했다. 그러나 이내 지휘봉을 잡고는 부하들을 독려했다.

"정신들 차려라! 겨우 조선군이 온 것뿐이다. 우리는 20여 년 전 서양연합군에게 승리했을 때보다 더 강력해졌다."

천진은 북경의 관문이며 북양군의 본거지나 마찬가지인 지역이다. 그리고 마충도 나름대로 능력이 있는 장수여서 병력을 잘 통제했다.

천진은 하항(河港)이다.

그래서 배가 천진으로 들어가기 위해서는 반드시 강을 거슬러 올라가야 한다. 대고포대는 이런 강의 물굽이에 위치해 있어서 대고포대를 지나치지 않고는 천진으로 들어갈 수가 없었다.

더구나 대고포대 주변은 전부가 평지다. 그래서 대고포대는 바다 쪽에서 바라봐도 포대가 우뚝 서 있는 형국이었다.

대고포대는 급히 준비에 들어갔다.

화약고를 열어 포탄을 꺼내 모든 대포에 장약과 장탄을 했다. 그러고는 만일에 대비해 모래주머니를 쌓는 등의 방어 태세를 구축했다.

이러는 동안 조선군이 다가왔다.

그렇게 다가온 조선 수군은 어느 정도의 거리에서 속도를 줄였다. 마충은 망원경으로 조선 수군을 바라보다가 고개를 갸웃했다.

"이상하네. 저 거리라면 너무 먼데 왜 저기에서 선회한 것이지?"

옆에 있던 부하 장수가 추정했다.

"혹시 무력시위를 벌이려는 것은 아닐까요?"

"아니야. 그래도 거리가 너무 멀어."

그런데 이때였다.

쾅!

조선 수군에서 1발의 포탄이 쏘아져 날아왔다. 이 포탄은 거리를 측정하기 위해 날린 초탄으로, 놀랍게도 대고포대를 훌쩍 넘어가 떨어졌다.

꽝!

마충은 깜짝 놀랐다.

"아니, 이게 어떻게 된 거야? 저 거리에서 쏜 포탄이 우리 포대를 넘어갔어."

옆에 있는 무관도 크게 놀랐다.

"장군, 이게 대체 어떻게 된 일입니까? 저 먼 곳에서 쏜 포탄이 어떻게 우리 뒤로 날아갈 수 있단 말입니까?"

마충도 믿기지가 않았다. 그러나 그는 이내 고개를 저으면서 자기합리화를 해 버렸다.

"요행이겠지. 가난해 빠진 조선군이 우리보다 좋은 함포를 보유할 수 있을 리가 없잖아. 우리도 포대를 대대적으로 개선하기 위해 많은 노력을 들여 왔지만 저 정도의 사거리를 가진 대포는 없어."

대고포대는 제2아편전쟁이 벌어지던 1859년 영국과 프랑스 연합함대의 공격을 받았었다.

이 첫 공방전에서 대고포대는 연합함대의 공격을 받았으나 압도적으로 물리쳤다. 그렇게 물러간 영국과 프랑스 연합군은 다음해인 1860년 18,000명의 병력을 동원했다.

그리고 북당 지역에 상륙하고는 우회 공격으로 대고포대를 점령했다. 포대를 점령한 서양연합군은 포대 안에 있는 각종 화포를 모조리 폐기시켜 버렸다.

전쟁이 끝나고 청국은 대고포대를 대대적으로 확충했다. 자체 제작한 화포는 물론 서양에서도 화포를 대거 도입했다.

이렇게 들여온 화포는 당시에는 최신형이었다. 그러나 시간이 지나면서 이런 화포는 그저 덩치만 큰 구식 대포로 전락해 버렸다. 그렇지만 청군의 그 누구도 상황이 이렇다는 사실을 알지 못했다.

무관이 권유했다.

"장군, 우리가 먼저 포격을 가하는 것이 좋지 않겠습니까?"

마충이 잠깐 생각하다가 동의했다.

"그래, 우리 화포의 위력을 알려 주는 의미에서도 포격을 가하는 것이 좋겠다. 부관!"

"예, 장군."

"선두포대에 조선군에게 포격을 가하라고 지시하라!"

"예, 알겠습니다."

곧이어 대고포대의 선두에서 대대적인 포격이 시작되었다.

쾅! 쾅! 쾅! 쾅!

대고포대의 해안 방면 화포 수십 문이 일제히 불을 뿜었다. 그렇게 쏘아진 포탄은 조선 수군에는 미치지 못하고 전부 바다로 떨어졌다.

펑! 펑! 펑! 펑!

쏘아진 포탄은 전부 포환이어서 물기둥만 뿜어 올렸다. 그럼에도 화포의 위력이 강해 물기둥의 높이가 상당했다.

장병익이 감탄했다.

"포환의 위력이 저 정도라니, 대고포대의 화포의 위력이 상당하군요."

이재봉도 동조했다.

"청국이 나름대로 역점을 다해 육성한 포대입니다. 그런 포대답게 화포의 규격도 상당히 큰 것 같습니다."

장병익이 포연으로 가득한 포대를 바라봤다.

"저 정도 포연이라면 포격 지점을 제대로 측량할 수 있겠는데요?"

"하하하! 맞습니다. 저들이 위력 시위를 했는지 모르지만 실수지요. 우리가 날린 초탄을 이용하면 포격 재원을 제대로 뽑아낼 수 있을 겁니다."

이재봉의 말이 끝나기 무섭게 조선 수군의 포격이 시작되었다.

쾅! 쾅! 쾅! 쾅!

그렇게 발사된 포탄은 대고포대의 해안 방면을 정확히 타격했다. 그 바람에 10여 문의 화포가 대번에 무력해졌다.

콰쾅! 쾅! 쾅!

이게 시작이었다. 포격 지점을 제대로 산출한 조선 수군은 대고포대를 무차별적으로 포격하기 시작했다.

마충은 경악했다.

"이게 대체 어떻게 된 거야! 어떻게 했기에 조선군의 포탄이 이렇게 먼 거리를 정확히 날아올 수 있단 말인가?"

"장군, 그보다 날아온 포탄이 하나같이 폭발합니다. 그 바람에 아군의 피해가 급격히 증대하고 있습니다."

마충이 포대를 둘러보다가 탄식했다.

"아아! 큰일이구나. 이 무슨 괴변이란 말이던가. 생각지도 않은 거리에서 날아온 포탄이 폭발하면서 포대를 쑥대밭으로 만들고 있어."

꽈꽝! 꽈꽝!

그의 탄식이 터지는 와중에도 조선군의 포격은 무차별적으로 쏟아졌다. 그러면서 포대 곳곳이 유폭으로 거대한 불기둥을 뿜어 올렸다.

마충은 주먹을 움켜쥐었다.

"이대로 당할 수만은 없다. 포대의 모든 화포는 조선군을 향해 일제히 방포하라!"

쾅! 쾅! 쾅! 쾅!

이미 장약과 장탄을 마친 대고포대였다. 마충의 지시가 떨어지자마자 일제히 포격을 시작했다.

그러나 이게 더 큰 문제였다.

포격으로 발생한 포연은 그대로 조선군의 표적이 되었다. 그 바람에 대고포대가 포격을 시작하자마자 조선 수군은 포연에 맞춰 정밀 포격을 감행했다.

꽈꽝! 꽝! 꽝!

그 결과, 피해는 걷잡을 수 없이 늘어났다.

공방전이라고 할 수도 없었다.

물론 대고포대도 포격은 실시했다. 그러나 거리가 있었기에 그들의 포격은 조선 수군에 전혀 타격을 입히지 못했다.

반면 조선 수군의 반격은 면도날과 같아서 급격히 피해를 양산시켰다.

그렇게 일방적인 포격전이 진행되면서 높아 보이기만 하던 대고포대는 천천히 무너져 내렸다.

천진은 발칵 뒤집어졌다.

포격전이 시작되기 전까지 천진은 평온한 일상이었다. 그런 천진이 포격과 함께 갑자기 전쟁의 한복판이 되어 버렸다.

각국 공사관의 공사와 외교관은 밖으로 나오거나 옥상으로 올라갔다. 그리고 대고포대에서 진행되고 있는 포격전을 보고는 크게 술렁였다.

영국의 청국 주재공사는 토마스 웨이드(Thomas Wade)다. 그는 조선 주재공사 해리 파크스로부터 조선군의 북벌에 대한 보고를 사전에 받았다.

그리고 조선군의 전투력이 상당하다는 사실도 보고를 들어 잘 알고 있었다. 그래서 조선이 선전포고를 했다는 소식을 듣고도 놀라지 않았다.

포격이 시작되자 토마스 웨이드는 영사인 니콜라우스 오코너와 함께 공사관 옥상으로 올라갔다. 그리고 한동안 포격을 망원경으로 바라보다가 고개를 끄덕였다.

“듣던 대로 조선군의 화력이 상당하구나.”

오코너도 동조했다.

"역시 대단하군요. 저렇게 먼 거리에서 포격을 감행할 정도의 함포까지 보유하고 있을 줄 몰랐습니다."

"일본의 전투력도 상당하다고 했어. 그럼에도 조선군에 압도되어 무조건 항복했다고 하잖아."

"그렇다는 말은 들었습니다. 그런데 참 놀랍습니다."

"뭐가?"

오코너가 설명했다.

"청나라라는 나라가 말입니다. 청나라는 우리에게 몇 번이나 패했음에도 아직도 자신들이 최고라는 자만심에 똘똘 뭉쳐 있지 않습니까? 그래서인지 제가 조선에 대해 몇 번이나 주의를 주었는데도 조금도 대비하지 않았잖습니까."

토마스 웨이드가 고개를 끄덕였다.

"그랬지. 그런데 그게 다 이유가 있어서야. 조선은 수백 년 동안 청나라의 속국이었어. 그리고 단 한 번도 청나라의 명을 거부한 적이 없을 정도로 순종적이었지. 그런 과거의 모습이 이번에 청국의 발목을 잡고 있는 것 같아."

"맞습니다. 얼마 전 북양대신 이홍장을 만났는데 그도 조선에 대해 전혀 걱정을 하지 않고 있었습니다. 그래서 3만 명만 만주에 파견하면 조선군을 압도할 거란 말을 하더군요."

토마스 웨이드는 무지막지하게 불을 뿜는 조선 함대를 바라봤다. 그러다 이내 고개를 저었다.

"청국에 결코 쉽지 않은 전쟁이야. 아마도 이홍장의 오판이 두고두고 문제가 될 것 같아."

오코너도 동조했다.

"예, 맞습니다. 저도 그랬지만 그 누구도 조선군의 천진 공격을 예상한 사람이 없습니다. 그런데도 조선군은 과감하게 적진의 한중앙이라고 할 수 있는 천진을 공격하러 왔습니다. 조선도 천진의 대고포대를 알고 있을 터인데 그걸 알면서도 공략을 하러 왔다는 것이 무엇을 의미하겠습니까?"

"대고포대를 격파할 자신이 있다는 것이겠지."

"그렇습니다. 상해에서 올라온 정보에 따르면 조선인들은 의외로 해외 정보에 박식하다고 합니다. 그런 조선인들이 대고포대의 위상을 모를 리가 없을 것입니다."

그 말에 토마스 웨이드의 표정이 굳어졌다.

"조선은 결코 얕잡아 볼 나라가 아니야. 그들은 이번 전쟁을 벌이기 전에 먼저 우리에게 협상을 제안해 올 정도로 외교적인 감각도 탁월해. 그런 자신감은 전적으로 그들이 보유한 군사력을 바탕으로 하고 있다고 봐야 해."

오코너도 동의했다.

"저도 그렇게 생각합니다. 아마도 이번 전쟁이 끝나면 조선의 위상은 완전히 새롭게 재고될 것입니다."

토마스 웨이드가 고개를 끄덕였다.

"그럴 거야. 해리 파크스 공사의 말에 따르면 조선은 벌써 자동차를 완성하는 단계에 들어섰다고 했어. 그것도 양산할 정도로 말이야."

"저도 그 말을 듣고 깜짝 놀랐습니다. 기술력이 뒤떨어졌다고 생각했던 동양에서 자동차를 먼저 만들 줄은 몰랐습니다. 자동차는 우리 영국에서도 아직 개발을 못하고 있는 상황이지 않습니까."

이때였다.

꽈광! 쾅!

대고포대에서 굉음이 터졌다.

그와 함께 엄청난 불기둥이 하늘로 치솟았다. 폭발은 대단해서 멀리 떨어져 있던 영국공사관의 건물이 흔들릴 정도였다.

오코너가 짐작했다.

"대고포대의 화약고가 폭발한 것 같습니다."

토마스 웨이드도 동조했다.

"그런 것 같아. 화약고가 폭발했으니 대고포대도 얼마 견디지 못하겠구나."

"놀랍네요. 만일 대고포대가 무너진다면 20여 년 전에 우리도 못한 일을 조선군이 해내게 된 것이 됩니다."

"그러게. 조선군의 군사력이 생각 이상이야."

오코너가 묵묵히 고개를 끄덕였다. 토마스 웨이드도 말을 멈추고는 대고포대를 바라봤다. 화약고가 폭발한 대고포대는 검붉은 연기를 하늘 높이 뿜어 올리면서 불타오르고 있었다.

이재봉은 주먹을 움켜쥐었다.

"되었다. 화약고를 폭발시켰으니 대고포대도 이제는 빈껍데기만 남은 셈이야."

총참모장이 나섰다.

"선단을 좀 더 전진시킬까요?"

"그렇게 해. 하지만 만일에 대비해 대포포대의 표적이 되지 않는 범위까지 전진시키도록 하게."

"알겠습니다."

조선 수군선단이 해안으로 다가갔다.

대고포대는 화약고가 폭발하면서 주변을 초토화했다. 그럼에도 대고포대에는 상당수의 야포가 남아 있었다.

콰! 콰! 콰! 콰!

대고포대의 화포가 거칠게 포격을 재개했다. 그러나 포격의 단 한 발도 조선 수군이 있는 곳까지 날아오지 못했다.

조선 수군은 차곡차곡 전진했다. 그러면서 대고포대의 화포를 하나하나 제거해 나갔다.

그리고 어느 순간.

대고포대에서의 포격이 멈췄다.

이재봉이 장병익을 바라봤다.

"장 사령관, 이 정도면 상륙해도 무방하지 않겠습니까?"

장병익도 동조했다.

"충분합니다. 참모장."

“예, 사령관님.”

“전군에 연락해 지금 즉시 상륙을 시작하라고 전하라.”

“알겠습니다.”

이재봉도 지시했다.

“총참모장은 모든 선단에 상륙을 지원하라고 지시하라.”

“예, 알겠습니다.”

선단이 본격적으로 기동했다. 만일에 대비해 호위함대가 대고포대를 주시하며 남았다.

그런 나머지 수송선단은 일제히 해안으로 다가가서는 보트를 내렸다. 보트에는 이미 해병대원들이 가득 승선해 있었다.

조일전쟁 당시 해병 중사였던 병석은 상사를 거쳐 간부 교육을 이수하고는 소위로 임관했다. 그런 병석이 이번에는 자신의 소대를 지휘하며 상륙부대의 선봉이 되었다.

“박자를 맞춰 노를 저어라. 모두 구령 시작!”

“하나! 둘! 하나! 둘!”

“속도가 늦다! 노에 힘을 더 주어라!”

병석의 지시에 따라 병사들은 있는 힘껏 노를 저었다. 그렇게 얼마를 전진하던 병석이 소리쳤다.

“모두 뛰어내려라!”

그리고 가장 먼저 보트에서 뛰어내렸다.

첨벙!

“나를 따르라!”

병석은 누구보다 먼저 백사장을 가로질렀다.

그렇게 한참을 달렸을까? 병석은 이상함을 느꼈다.

병석이 주변을 둘러봤다.

“이게 뭐야? 어떻게 된 것이 지키는 병력이 하나도 없어!”

소대 선임 하사가 달려왔다.

“소대장님, 해안을 경비하는 부대가 하나도 없습니다.”

“나도 이게 어떻게 된 상황인지 모르겠어.”

“저들이 우리가 상륙한다는 것을 아예 생각지도 않은 거 아닙니까?”

“그래도 그렇지, 우리 선단이 나타나고 거의 반나절이나 지났어. 그런데도 어떻게 된 것이 아무도 지키지가 않는 거야?”

“어떻게 할까요?”

병석이 지시했다.

“그래도 할 일은 해야지. 우선은 요충지 확보를 하고 후위 병력을 기다리자.”

“예, 알겠습니다.”

병석의 소대는 급히 주요 지점을 확보했다. 그리고 후위부대에 인계하고는 다시 달려 나갔다.

그렇게 몇 번을 했음에도 청군은 어디에도 없었다. 이런 상황은 바로 장병익에게 보고되었다.

“뭐라고? 해안가에 청나라 병력이 없어?”

“예, 벌써 2킬로미터까지 들어갔는데도 청군은 어디에도 없다고 합니다.”

장병익은 곤혹스러웠다.

“이거 뭐야? 청군이 천진을 아예 버려두었다는 거야?”

“아무래도 우리가 상륙작전을 벌일 거라고는 생각지도 않은 것 같습니다.”

“기가 찬 일이네. 어쨌든 인명피해 없이 상륙에 성공할 수 있다는 말이잖아.”

“그렇습니다. 아마도 인명피해 하나 없는 최고의 상륙작전이 될 것 같습니다.”

“좋아! 수색대를 보내 전방 정찰을 시작하고 전 병력을 최대한 빨리 하선시키도록 하게.”

“천진은 어떻게 합니까?”

“우리가 천진을 들어갈 필요는 없잖아? 천진을 공략하려다가 시가전이라도 벌어지면 인명피해만 공연히 양산할 수 있어.”

“그렇다고 그냥 버려둘 수는 없지 않겠습니까?”

“그러면 천진에도 수색대를 보내 병력이 숨어 있는지부터 파악하라고 해.”

참모장이 대답했다.

“알겠습니다. 그러면 천진을 우회하는 노선도 수색하라 이르겠습니다.”

“그렇게 하게.”

조선군의 본격 상륙이 시작되었다. 천진은 하항이어서 해안 방면은 배를 접안할 곳이 없었다.

그 바람에 보트로 병력을 상륙시킬 수밖에 없어서 시간이 꽤 걸렸다. 그럼에도 청군은 끝까지 나타나지 않았다.

이 무렵.

이홍장은 북경에 머무르고 있었다.

그는 천진에서 날아온 급전에 깜짝 놀랐다. 지난해 청나라는 북경과 천진 사이에 전선을 개통했다.

이홍장이 대로했다.

"무엇이 어쩌고 어째! 조선군이 대고포대를 공격하고 있다고?"

이홍장의 대로에 부관이 몸을 떨었다.

"그렇습니다, 대인."

이홍장이 몸을 휘청했다.

"대인!"

"아! 나는 괜찮다. 부관은 전문 내용을 자세히 보고해 봐라!"

부관이 보고했다.

"전문에 따르면, 오늘 오전 조선군이 대규모 함대를 이끌고 나타났다고 합니다. 그리고 다짜고짜 대고포대에 무차별 포격을 가하고 있다고 했습니다."

"우리도 반격을 했겠지?"

"그렇습니다. 헌데 조선군의 함포의 사거리가 길어서 속수무책 당하는 중이라고 합니다. 그래서 마충 장군이 대인께 급히 지원을 요청한다고 전문을 보냈습니다."

이홍장이 의자에 털썩 주저앉았다.

"아아! 허를 찔렸구나! 조선군이 만주로만 들어올 줄 알았는데 천진으로 상륙하다니."

휘하 장수가 손을 모았다.

"대인, 지금이라도 서둘러서 병력을 보내야 하지 않겠습니까?"

이홍장이 고개를 저었다.

"아니야. 이미 늦었어. 어차피 늦은 상황에서 병력을 급히 보냈다가는 제대로 싸워 보지도 못하고 몰살을 당할 수가 있다."

다른 장수가 나섰다.

"맞는 말씀입니다. 지금으로선 북경과 천진 사이에 방어선을 구축하는 것이 좋습니다."

이홍장도 동도했다.

"아무래도 그게 좋겠다."

이때였다.

천진에서 다시 급전이 날아왔다.

"대인, 큰일 났습니다. 천진으로부터 또 급전이 도착했습니다."

"무슨 내용이더냐?"

"대고포대가 조선군의 공격에 완전히 박살 났다고 합니다. 그것을 확인한 조선군이 대거 상륙하고 있다고 하고요."

이홍장의 안색이 하얗게 변했다.

"대고포대가 박살이 났다고?"

"예, 대인. 조선군의 포격에 화약고가 폭발하면서 공격 능력을 완전히 상실했다고 합니다."

"마충, 마충 장군은 어떻게 되었다고 하느냐?"

"연락두절입니다."

이홍장이 장탄식을 했다.

"아아! 안타까운 일이구나. 나의 잘못된 판단으로 유능한 장수를 잃었어."

오장경이 나섰다.

"대인, 먼저 간 사람은 어쩔 수 없습니다. 지금은 아쉬워할 때가 아니라 복수해야 할 때입니다. 그러니 서둘러 방어선을 구축할 수 있도록 지시를 내려 주십시오."

아쉬워하던 이홍장이 이를 갈았다.

"으득! 맞아. 지금은 조선군을 몰아내는 일이 더 급하다. 모든 장수를 불러 모으도록 하라. 그리고 부관은 이 사실을 최대한 빨리 태후 폐하께 보고하도록 하라."

"예, 알겠습니다."

잠시 후.

10여 명의 무장들이 모여들었다.

이홍장이 나섰다.

"조선군이 예상외로 천진에 상륙했다. 어떻게 하면 조선군을 물리칠 수 있는지 혜안을 말해 주기 바란다."

엽지초가 나섰다.

"대인, 3만 병력이 빠져나간 북양군은 7만입니다. 이 병력만으로는 조선군을 격멸하는 데 어려움이 많을 것입니다 그러니 직례 일대에 총동원령을 내려 병력을 우선적으로 징집해야 합니다."

이홍장이 우려했다.

"훈련도 받지 않은 병력을 징집해 봤자 무슨 소용이 있겠나?"

"그렇지 않습니다. 냉병기가 아닌 화기는 며칠이면 숙달이 됩니다. 다행히 우리에게는 예비로 보유하고 있는 소총이 많지 않습니까?"

이홍장이 크게 고개를 끄덕였다.

"맞다. 북양기기국(北洋機器局)에서 제작된 소총이 대량으로 보관되어 있지."

"그렇습니다. 그 소총을 풀어서 훈련시킨다면 병력을 대거 충원할 수가 있습니다."

이홍장이 결정했다.

"좋아! 태후 폐하께 재가를 얻을 터이니 당장 시행하도록 하게."

"예, 알겠습니다."

오장경이 나섰다.

"그러면 천진은 포기하는 것입니까?"

이홍장이 고개를 저었다.

"지금으로선 어쩔 수 없다. 우리에게 중요한 것은 북경이다. 지금으로선 천진으로 병력을 내려보낼 시간이 없다."

오장경이 바로 고개를 숙였다.

"알겠습니다. 그리고 기왕 징병을 하려면 20만 이상은 징병해야 합니다."

이홍장이 엽지초를 바라봤다.

"가능하겠는가?"

"황명만 있으면 충분히 가능한 숫자입니다."

이홍장이 자리에서 일어났다.

"자금성에는 내가 직접 다녀오는 것이 좋겠다. 그러니 제장들은 방어선을 어디에 구축할지에 대해 논의를 하고 있으라."

"예, 대인."

북경이 이렇게 긴박하게 움직이는 동안. 조선 해병대는 손쉽게 상륙에 성공했다. 병력 상륙이 성공하자 다음으로 군수물자 하역이 이어졌다.

4만여 명의 해병대원이 사용할 군수물자의 물량은 상당했다. 그래서 이를 하역하는 데만 사흘의 시간이 걸렸다.

해병대는 그동안 천진을 장악했다.

천진에 청국 병력이 전혀 없는 것은 아니었다. 격렬하지는 않았으나 곳곳에서 시가전이 벌어지기도 했다.

그러나 대고포대가 무너지면서 천진에 있던 청군 대부분은 도주한 뒤였다. 그리고 남아 있어 봐야 얼마 안 되는 병력이어서 큰 유혈 사태 없이 천진 장악에 성공했다.

천진을 장악한 해병대는 우선 청국 민간인들을 징발했다. 그리고 대고포대로 올라가 사상자를 수습하기 시작했다.

사망자들은 따로 지역을 정해서는 땅을 파고 묻었다. 그리고 부상자들은 천진의 의원들을 동원해 치료를 하게 해 주었다.

그뿐만 아니라 성문을 개방해 일반 주민들의 왕래를 막지 않았다. 조선이 바라는 고토 수복은 만리장성 너머였다.

그랬기에 해병대는 북벌 계획과 관련이 없는 천진 주민들에게 더없이 친절하게 대해 주었다. 그리고 이러한 해병대의 조치는 천진의 민심 안정에 큰 효과를 거뒀다.

이날 오후.

해병대참모장이 보고했다.

"사령관님, 영국공사가 접견을 원한다고 찾아왔습니다."

장병익은 의아했다.

"영국공사가 무슨 일로 찾아온 거지?"

"자세한 사정은 사령관님을 직접 뵙고 말씀을 드리겠다고 합니다. 어떻게, 만나 보시겠습니까?"

장병익이 승인했다.

"만나 보지 뭐. 들어오라고 하게."

참모장이 나가서 영국공사를 데리고 들어왔다. 영국공사는 조선어통역관과 함께 방문했다.

영국공사가 먼저 자신을 소개했다.

"처음 뵙겠습니다. 본관은 대영제국 청국 주재공사인 토마스 웨이드라고 합니다."

토마스 웨이드가 손을 내밀었다. 장병익이 능숙하게 그의 손을 잡으며 인사했다.

"반갑습니다. 본관은 조선국 해병대사령관 해병대장 장병익입니다."

인사를 마친 장병익은 자리를 권했다.

7장

자리에 앉으면서 토마스 웨이드가 놀라워했다.

"놀랍습니다. 동양인이 이렇게 악수를 능숙하게 잘하실 줄은 몰랐습니다."

"우리 조선에는 악수가 상례화되어 있습니다."

토마스 웨이드의 눈이 더 커졌다.

"아! 그렇습니까?"

"그런데 무슨 일로 나를 찾아온 것인지요?"

"저는 천진에 주재하는 외국 외교관을 대표해서 찾아왔습니다."

"저에게 무슨 할 말이 있습니까?"

"전투가 벌어지면 가장 피해를 많이 보는 것이 민간인들입니다. 그런 민간인들 중에는 우리 같은 외교관도 있고요."

장병익도 동조했다.

"맞는 말입니다. 전투가 벌어지면 민간인의 희생이 따르기 마련이지요."

"그래서 찾아온 것입니다. 사령관께서 우리 외교관들과 가족의 안전을 보장해 주십시오."

장병익이 두말하지 않았다.

"그렇게 하겠습니다. 각 공관에 병력을 배치해 만일의 사태에 대비를 하지요."

"감사합니다."

"그 대신 우리도 요구 사항이 있습니다."

"말씀해 보십시오."

"되도록 외출은 삼가 주어야 합니다. 만일 외출했다고 불미한 일을 당한다면 거기에 대한 책임은 져 줄 수가 없습니다."

"알겠습니다."

"그리고 불순분자들을 받아들이지 마십시오. 특히 청국 군인들은 어떠한 일이 있더라도 받아들여서는 아니 됩니다. 만일 불순분자들이 외국 공관을 피신처로 활용하며 테러라도 저지른다면 서로 곤란한 입장이 되지 않겠습니까?"

영국공사가 난색을 보였다.

"이미 들어와 있는 사람은 어떻게 합니까?"

"그런 경우는 외부로 내보내지만 않으면 인정하겠습니다."

"알겠습니다. 조선군의 주의사항을 각 공사관에 전달하지요."

"감사합니다."

"그리고 조선공사인 해리 파크스 경의 보고에 따르면 조선은 만리장성 너머만 수복할 계획이라는데, 맞습니까?"

장병익의 눈이 매서워졌다.

"그건 특급 기밀 사항으로 비밀을 엄수해 달라고 했을 터인데요. 혹시 그 기밀을 다른 사람에게 누설한 것은 아닙니까?"

토마스 웨이드가 펄쩍 뛰었다.

"절대 그런 경우는 없으니 안심하셔도 됩니다."

"맹세하실 수 있겠습니까?"

"물론입니다."

장병익의 안색이 풀어졌다.

"그렇다면 안심입니다. 그렇습니다. 본국의 이번 북벌의 목적은 고토 수복입니다. 그래서 우리는 장성 이북의 땅만 수복을 하면 됩니다."

"그런데 왜 천진을 공격하신 겁니까?"

장병익이 주저 없이 대답했다.

"철저하게 승리하기 위해서입니다. 청국은 유난히 자존심이 강합니다. 그래서 우리가 만리장성 이북만 장악하면 온갖 구실을 붙여 가면서 각종 도발을 하려 할 것입니다. 우리는 그러한 청국의 도발을 사전에 차단하기 위해 이번 전쟁에서 압도적인 승리를 해야 합니다."

"압도적인 승리라면 어디까지를 말씀하는 겁니까?"

"우리가 이번에 북벌을 시작하면서 내건 5개의 한이 있습니다. 그 내용을 영국공사께서는 혹시 아시는지요?"

토마스 웨이드가 고개를 저었다.

"솔직히 잘 모릅니다."

장병익이 5개의 항목을 설명해 주었다.

"……우리가 말하는 압도적인 승리란 이 5개의 항목을 모두 충족시켰을 때를 말합니다."

"청국이 쉽게 받아들이기 어려울 겁니다."

장병익이 싱긋이 웃었다.

"받아들이지 않는다면 어쩔 수 없지요. 서로가 끝장을 볼 때까지 싸울 밖에요."

토마스 웨이드가 우려했다.

"그렇게까지 할 필요가 있겠습니까? 전쟁은 한쪽만 일방적으로 고통을 받는 것이 아닙니다. 전쟁이 길어지면 이기는 쪽도 상당히 많은 어려움을 겪게 됩니다."

장병익은 고개를 저었다.

"조금도 걱정할 필요가 없습니다. 우리는 적어도 몇 년은 청국과 싸울 준비를 해 왔습니다. 그리고 징병제도를 실시하고 있어서 필요하다면 매달 수십만의 병력을 충원할 수도 있고요. 그리고 무엇보다 우리가 보유한 화기는 청국을 압도합니다."

"아! 그렇습니까?"

"예, 청국이 끝까지 우리 요구 사항을 들어주지 않겠다고 버틴다면 청국 황실을 아예 지워 버릴 생각도 갖고 있습니다."

그러자 토마스 웨이드가 곤란해했다.

"청국 황실을 없앤다고요? 그렇게 되면 청국이 극심한 혼란에 휘말리게 되지 않겠습니까? 그리고 지금의 청국에서 황실을 없애는 것은 결코 바람직하지 않습니다."

장병익이 바로 알아들었다.

"허약한 청국 황실이 더 좋다는 말씀이군요."

"솔직히 그렇습니다."

"우리도 그러고 싶지는 않습니다. 하지만 청국이 끝까지 우리의 요구 사항을 들어주지 않는다면 다른 방법이 없습니다."

토마스 웨이드가 제안했다.

"만일 그런 상황이 생긴다면 내가 나서서 중재해 보겠습니다."

장병익이 바라던 바였다.

"그렇게 해 주시면 우리야 고맙지요."

"알겠습니다. 그럴 일이 없으면 좋겠지만, 만일 나서야 하는 상황이 된다면 최대한 노력을 다하겠습니다."

"알겠습니다."

토마스 웨이드는 잠시 한담을 나누고서 돌아갔다.

해병대는 바로 기동하지 않았다. 수송선단이 육군 병력을 데리고 올 때까지 기다려야 했기 때문이다.

북경은 인구가 100만이 넘는다. 그런 인구를 먹여 살리기 위해 각종 물자가 강남에서 올라온다.

천진은 장강에서 북경까지 연결된 대운하가 지나가는 길목이다. 해병대는 강남에서 대운하를 타고 올라오는 각종 물자를 모조리 압수했다.

그리고 천진 주변의 양곡 창고를 털어서 군량미로 만들었다. 그렇게 해서 모아들인 양곡만 수십만 석이나 되었다.

이러한 천진의 사정은 요하의 청군과 조선군에게도 알려졌다. 조선군은 이미 예견했던 상황이었으나 청군은 달랐다.

위여귀가 대경실색했다.

"무엇이라고 천진이 점령을 당했어?"

전령이 몸을 숙였다.

"예, 장군, 지금 당장 전군을 이끌고 회군을 하라는 북양대신의 명령이 떨어졌습니다. 그리고 회군하면서 금주를 비롯한 요서 각지의 성에 주둔해 있는 병력도 모조리 긁어 오라는 명입니다."

위여귀의 안색이 붉어졌다.

"그러면 요서도 포기하겠다는 것이냐?"

"소인은 그저 명령을 받고 온 처지라 자세한 사정은 잘 모릅니다."

"으음!"

위여귀는 난감해졌다.

"이거 큰일이구나. 도강을 한다고 절반에 가까운 병력을 손실했는데 철군을 하라니. 이대로 돌아갔다간 명을 어긴 죄로 처벌을 받을 수 있는데 이걸 어쩌나."

부관이 나섰다.

"장군, 지금으로선 서둘러 돌아가는 것이 최선입니다. 그리고 돌아가면서 부족한 병력은 강제로 징병을 해서라도 숫자를 채워 넣도록 하시지요."

위여귀는 몇 번을 생각해도 뾰족한 수가 없었다.

"후! 알겠다. 그렇게라도 해서 병력 숫자라도 채우도록 하자."

"현명한 결정이십니다."

위여귀의 결정이 떨어지자 북양군은 빠르게 움직였다. 이들은 조선군의 눈을 속이기 위해 군막 대부분을 남겨 둔 채 몸만 빠져나갔다.

대진은 모처럼 맞은 망중한(忙中閑)을 즐기고 있었다.

군수물자를 이용해 만든 의자에 누워 있는 대진에게 선발대 대장이 찾아왔다.

"특보님, 아무래도 적군의 동태가 이상합니다."

"왜? 무슨 일이 있는 거야?"

"며칠 동안 아무런 움직임이 없습니다."

"무인정찰기에서는 뭐라고 그래?"

"별다른 움직임이 포착되지 않는다고 합니다. 아무래도

수색조를 파견해 봐야겠습니다."

대진이 걱정했다.

"조심해. 강의 물살이 약하다고는 하지만 저들도 눈에 불을 켜고 우리를 지켜보고 있을 거야."

선발대 대장이 고개를 끄덕이며 답했다.

"그래서 해거름에 보내려고 합니다."

이날 저녁.

한 척의 배가 은밀히 요하를 건넜다. 그리고 소식은 날이 지나기 전에 들려왔다.

보고를 받은 대진이 놀랐다.

"뭐야! 북양군이 하나도 없다고?"

"예, 막사를 놔둔 채 전부 빠져나갔다고 합니다."

대진이 벌떡 일어났다.

"그렇구나. 해병대의 상륙작전이 성공을 했어. 그래서 급보를 받고 병력을 철수시킨 거야."

선발대 대장도 그제야 상황을 파악했다.

"아! 맞습니다. 그래서 철수를 했겠습니다. 그러면 우리도 서둘러 도강을 해야겠네요."

그런데 대진이 제지했다.

"그럴 필요는 없어. 우리가 먼저 도강한다고 해 봐야 달라질 것은 없잖아."

"그래도 빈 군막에 다른 병력이 들어올 수도 있지 않겠습

니까? 그렇지 않으면 피난민들이 막사를 뜯어 갈 우려도 있고요."

충분히 가능성 있는 일이었다.

"그 말도 일리가 있네. 우선은 여단장님께 상황 보고부터 드리도록 하자."

"알겠습니다."

상황을 보고받은 여단장은 크게 기뻐했다. 그러고는 선발대대로 하여금 도강해서 빈 막사를 지키도록 조치했다.

"성경을 점령한 우리 본진이 합류할 때까지 여기서 기다린다. 그리고 전령을 보내 여기 상황을 전해 주도록 하라."

"알겠습니다."

대진은 선발대대와 함께 도강했다.

잠시 행군을 하니 북양군의 진영이 나왔다. 진영에는 수많은 군수물자들이 그대로 남아 있었다.

선발대 대장이 감탄했다.

"이거 대단하네요. 군수물자를 그대로 놓고 간 것을 보니 청군은 몸만 빠져나간 것 같습니다."

"그만큼 상황이 급박했다는 의미겠지."

"그러게 말입니다."

"어쨌든 우리로서는 망외의 소득을 얻었어."

"맞습니다. 이런 군수물자들은 바로 우리가 사용해도 하등 문제가 될 것이 없습니다."

북양군은 청나라가 역점을 갖고 육성하는 병력이었다. 그런 북양군의 군수물자는 대부분 서양의 방식을 본뜬 것이 많았다. 그 덕에 조선군이 사용하는 데에도 하등 문제가 될 것이 없었다.

그리고 며칠 후.

"충성! 어서 오십시오."

성경을 점령한 조선군의 본진이 도강을 했다. 대진은 선발대대 병력과 함께 요하로 나가 손인석과 지휘부를 맞이했다.

손인석이 답례했다.

"수고가 많았다. 이번에 큰 활약을 펼쳤다면서?"

대진이 대답했다.

"제가 한 것은 아니지만 선발여단이 놀라운 전과를 올린 것은 맞습니다."

"맞다. 3만의 병력을 여단 병력이 막았으니 대단한 전과지. 더구나 적병도 1만 명 이상 사살했다고 보고를 받았어."

"예, 맞습니다. 기관총의 교차사격이 적의 도강을 막는 데 혁혁한 공을 세웠습니다."

"잘했다."

"가시죠. 모시겠습니다."

이들은 한동안 도보로 이동했다. 그렇게 해서 도착한 청군 진영을 본 손인석이 감탄했다.

"오! 이게 뭐야. 청군이 모든 것을 그대로 놔두고 몸만 빠

져나갔나 보구나."

대진이 상황 설명을 했다.

"해병대의 상륙 성공 소식을 들은 이들을 급하게 만든 것 같습니다."

손인석이 동조했다.

"그 말이 맞다. 해병대가 대고포대를 박살 내고 천진에 무혈입성을 했다는 보고가 날아왔다."

"역시 그랬군요."

손인석이 막사를 둘러봤다.

"막사를 그대로 활용해도 문제는 없겠어?"

"예, 저희가 파악한 바로는 전혀 문제가 없습니다."

"좋아! 그러면 우리 병력이 그대로 사용하도록 하자. 총참모장!"

"예, 사령관님."

"선발여단의 안내를 받아 각 부대에 막사를 배정하도록 하게."

"알겠습니다."

이 조치에 병사들은 환호했다.

아무리 훈련을 잘 받은 병사라고 해도 군막을 치는 일은 귀찮기 짝이 없었기 때문이다. 덕분에 도강하는 병력은 빠르게 막사로 들어가 휴식을 할 수 있었다.

조선군 본진은 바로 움직이지 않았다. 압록강 상류와 두만강, 그리고 요동반도를 돌아오는 병력이 합류할 때까지 보름여를 더 기다렸다.

이러는 동안.

후퇴하던 위여귀는 들르는 성마다 징병해서 병력을 박박 긁어 갔다. 그것을 본 한족들은 더 불안을 느끼면서 대거 피난 대열에 합류했다.

보름 후.

네 곳으로 흩어져서 북진했던 모든 병력이 집결했다. 조선군 본진이 요동과 만주를 비움에 따라 10만의 예비 병력이 북상해서 곳곳에 배치되었다.

조선군 본진이 본격 서진했다.

조선군은 그 전에 십여 차례 이상 무인정찰기를 날려 요서를 조사했다. 위여귀가 각 지역을 샅샅이 훑은 탓에 요서 전체가 거의 텅텅 비어 있었다.

요서에서 가장 큰 지역은 금주(錦洲)다. 이런 금주조차도 성문이 활짝 열린 채 성내는 비어 있었다.

덕분에 진격은 거칠 것이 없었다.

물론 그렇다고 해서 주변을 수색하지 않는 것은 아니었다. 본진은 손인석의 지시에 따라 소대와 중대 규모의 수색대를 각지로 파견했다.

그러면서 병사들의 피로를 고려해 무리하지 않고 서진했

다. 그 바람에 만리장성을 눈앞에 둔 영원성(寧遠城)까지 오는데 보름여가 걸렸다.

대진은 영원성을 보고 실망했다.

"많이 쇄락했네요. 역사에 그렇게 대단했던 영원성도 세월은 이길 수가 없었나 봅니다."

손인석도 동조했다.

"그러게 말이야. 청 태조 누르하치와 청 태종을 연거푸 물리쳤던 영원성인데. 그런 과거의 영광에 비하면 초라하기 짝이 없어졌어."

영원성은 명·청 교체기의 역사적으로 아주 중요한 현장이었다. 명나라 말기 명장이었던 원숭환(袁崇煥)은 이 성에서 두 차례의 후금 공격을 막아 냈다.

첫 번째는 누르하치의 공격이었다.

당시 금주까지 점령한 누르하치는 기세를 몰아 영원성을 공략했다. 그러나 홍이포로 무장한 원숭환은 보름여간의 거센 공격을 잘 막아 냈다.

거기다 누르하치에게 부상까지 입힌다. 대패한 누르하치는 결국 후퇴했고, 이때 입은 부상으로 끝내 병사하고 만다.

두 번째는 청 태종의 공격이었다.

청 태종은 금주와 영원성을 동시에 공격했다. 그러나 이 전투에서도 청 태종은 대패하고 만다.

이에 청 태종은 모략을 꾸며 많은 돈을 갖고 명의 환관들을 매수하게 된다. 그런 모략이 성공을 거둬 원숭환은 반역죄로 체포되어 능지형을 당했다.

그러나 그렇게 원숭환을 처리했어도 청 태종은 영원성을 끝내 함락시키지 못했다. 그래서 다시 모략을 써서 환관에게 많은 뇌물을 주었고, 그런 환관에게 현혹된 숭정제가 영원성을 포기하게 만들었다.

그리고 몇 년 후, 명나라는 내분으로 망하면서 역사의 뒤안길로 사라지고 말았다.

이렇듯 역사에서 중요했던 영원성도 세월의 무게는 이기지 못했다. 더구나 관도와 비켜서 있는 위치 때문인지 완전히 쇄락해져 있었다.

조선군은 영원성 주변에서 하루를 보냈다. 그리고 다음 날 조선군 본진이 드디어 만리장성에 도착했다.

산해관의 만리장성은 사람을 압도했다.

대진이 감탄했다.

"아아! 대단합니다."

손인석도 동조했다.

"그러게 말이야. 만리장성의 규모와 높이가 완전히 사람을 압도하네."

"예, 이랬으니 후금이 그렇게 몇 년을 공략했어도 끝내 장성을 넘지 못했나 봅니다."

"그랬을 것 같아. 저 정도의 높이라면 지금도 쉽게 공략하

기 어려워. 아무리 공성 장비를 갖춘다고 해도 엄청난 인명 피해는 각오해야 해."

"맞습니다. 수십 미터의 성벽을 인력으로 넘는 일은 결코 쉽지 않습니다."

"그런데 왜 청국이 만리장성 방어를 포기했을까? 저 정도라면 일당백이란 말이 능히 어울릴 정도의 성벽인데 말이야."

손인석의 말대로 청국은 만리장성에서 병력을 철수시켰다. 그렇게 철수시킨 병력을 북경과 가까운 당산(唐山)에 집결해서 북경을 방어시키고 있었다.

대진이 예상했다.

"천진에 상륙한 아군의 10만 병력이 목에 가시 같았을 것입니다. 그러지 않았다면 천고의 난공불락인 산해관을 포기할 리가 없었겠지요."

손인석도 동조했다.

"그 말이 맞아. 천진에 상륙한 아군 병력이 이리로 온다면 만리장성은 앞뒤로 공격을 받게 되어 쓸모없는 형국이 되겠지."

"맞습니다."

"청국이 만리장성을 포기하게 만들었으니 그 자체로 우리의 상륙작전은 성공이야."

"예, 그것도 대성공입니다."

총참모장도 분석했다.

"그리고 우리의 강력한 화력이 저들의 오판을 부추겼을 가능성이 높습니다."

대진도 동조했다.

"맞습니다. 대고포대가 우리의 함포 공격에 박살이 났습니다. 그래서 이제는 청국도 우리가 보유한 야포의 포탄이 자신들의 포환과는 다르다는 것을 알고 있을 것입니다."

손인석이 크게 고개를 끄덕였다.

"어쨌든 우리로서는 더없이 좋은 일이다."

만리장성은 산악 지형에 의지해 쌓았다.

그러던 만리장성이 연산산맥이 끝나는 지점에 서 있는 산해관에 이르러서 평지로 내려온다. 그러기 때문에 만주에서 대륙으로 넘어가려면 반드시 산해관을 넘어야 한다.

그런 산해관의 주변에는 만리장성에 의지해 몇 개의 요새 관성이 수축되어 있었다. 만리장성의 바깥에는 위해성과 위원성이, 안쪽에는 영해성과 남익성과 북익성이 세워져 있다.

그리고 그 중심에 산해관과 접해 있는 관성(關城)이 자리하고 있다. 이런 요새들을 하나하나 점령하고 정리하는 데에만 이틀의 시간이 걸렸다.

이틀 후.

조선군 본진이 산해관을 넘었다.

장성을 넘은 조선군은 산해관 일대에다 진채를 내렸다. 그러고는 병력을 보내 바로 앞에 있는 진황도(秦皇島)를 점령했다.

진황도는 진시황이 불로초를 구하기 위해 배를 띄웠다는 전설이 있다. 그래서 이전부터 포구가 나름대로 잘 발달해 있었다.

조선군은 진황도를 보급전진기지로 만들려고 처음부터 계획하고 있었다. 그래서 진황도가 점령되자마자 대기하고 있던 수송선단이 보급품을 쏟아 냈다.

조선은 북벌을 철저히 준비해 왔다.

그러나 아무리 보급이 잘되어 있다고 해도 두 달여가 지난 시점이었다. 그동안 보급받은 물자의 대부분은 전투와 행군이 이어지면서 대부분을 소비한 상황이었다.

이러한 때에 추가로 보급된 물자는 가뭄의 단비였다. 조선군은 풍족한 보급을 받으면서 며칠을 푹 쉬었다.

그렇게 며칠 후.

"행군을 시작하라!"

조선군이 다시 행군을 시작했다.

그렇게 행군을 시작한 조선군은 이날 20여 킬로미터를 행군했다. 이날 저녁, 손인석이 지휘관과 참모들을 소집했다.

"청군이 당산(唐山)에 집결해 있다고 한다. 그래서 천진에 상륙해 있는 해병대 병력을 일부 돌리려고 하는데 이에 대해 어떻게 생각하나?"

총참모장이 나섰다.

"청군의 주력은 북양군입니다. 그런 북양군이 북경 바로 아래 30여만에 가까운 병력이 집결해 있다고 합니다. 그런 상황에서 병력을 이리로 돌리면 문제가 되지 않겠습니까?"

대진이 동조했다.

"저도 우리만으로도 충분하다고 생각합니다. 당산에 집결해 있는 병력은 우리에게 된서리를 맞은 북양군이 급히 징집한 병력에 불과합니다."

손인석이 고개를 끄덕였다.

"숫자는 많아도 전투력은 크게 떨어지는 오합지졸이라는 말이구나."

"그렇습니다. 청국에는 지금, 우리수군이 대고포대를 박살 낸 덕분에 우리가 막강한 화력을 보유하고 있다는 소문이나 있습니다. 그래서 산해관을 포기하고 당산까지 후퇴하면서 온갖 병력을 긁어모은 상황이고요. 그런 병력을 정예병인 우리가 물리치지 못할 까닭이 없습니다."

총참모장도 거들었다.

"패전한 병력이 다급히 긁어모은 상황입니다. 숫자가 많다고 해도 거의 무의미하다고 할 수 있습니다. 더구나 청국의 주력은 천진의 우리 해병대와 대치해 있는 상황입니다."

이어서 몇 명의 지휘관들이 발언했다. 이들 대부분도 대진과 총참모장의 의견에 찬성했다.

손인석이 결정했다.

"좋아! 모두의 의견이 그렇다면 단독 작전을 벌이도록 하자."

총참모장이 고개를 숙였다.

"잘 생각하셨습니다."

"그러면 지금부터 참모부는 당산의 적군을 어떻게 격파해야 할지 의견을 모으도록 해 봐."

총참모장이 고개를 숙였다.

"알겠습니다."

그리고 사흘 후.

조선군이 당산의 청군과 조우했다. 조선군은 좌고우면하지 않고 바로 공격을 감행했다.

조선군의 첫 공격은 포격이었다.

진황도의 항구를 통해 충분한 보급을 받은 상황이었다. 덕분에 조선군의 포병은 마음 놓고 포격을 감행할 수 있었다.

쾅! 쾅! 쾅! 쾅!

청군이 처음으로 당하는 포격이었다.

청군은 전투시의 낙오병을 방지하기 위해 밀집대형으로 포진해 있었다. 이런 대형에서는 조선군이 쏘아 댄 포탄은 사신(死神)이나 다름없었다.

콰쾅! 쾅! 쾅!

"으악!"

"아악!"

소이탄도 필요가 없었다.

조선군은 미래 지식을 바탕으로 포격했다. 그런 조선군의 포격은 융단폭격이어서 밀집대형의 청군에게는 빠져나갈 길이 없었다.

당산 주변 지형은 거의 평지나 다름없다. 그런데 참호 등 미래 군사 지식이 전무한 청군은 조선군의 포격을 맨몸으로 받아 내야 했다.

거의 백발백중이나 다름없었다.

야전에서 포격의 정확도를 높이는 일은 쉽지 않다. 그럼에도 이런 포격이 가능했던 것은 무인정찰기 덕분이었다.

무인정찰기는 포격 방향을 실시간으로 잡아 주고 있었다. 그랬기에 조선군의 포격은 쏘아 대는 족족 명중했다.

엄청난 청군이 갈려 나갔다.

위여귀는 실수를 만회하기 위해 무차별적으로 징병했다. 그러면서 모든 청군도 긁어모아 당산에다 이중삼중의 방어선을 구축해 두었다.

이런 방어선이 그대로 무력화되었다. 평지의 야전에서 참호도 없는 상황에서 당하는 포격은 재앙이나 다름없었다.

위여귀가 비명을 질렀다.

"이게 대체 어떻게 된 거야! 요하에서도 이상한 포격에 무수한 병사들이 죽어 나갔었다. 그런데 여기도 또 이렇게 엄청난 포격을 당하게 되다니. 지금 내가 보고 있는 것이 정녕 꿈이 아닌 현실이란 말인가?"

산해관성 장군이 아쉬워했다.

"장군, 이럴 거였다면 산해관을 버리는 것 아니었습니다. 만일 산해관이었다면 이렇게 큰 피해는 입지 않았을 것입니다."

위여귀가 호통쳤다.

"그만하라! 지금 와서 아쉬워해 본들 무슨 소용이 있다는 것이냐! 그보다는 어떻게 하면 이 난국을 헤쳐 나갈지에 대해 말을 해 보라."

무장 1명이 나섰다.

"대인, 최선의 방어는 공격이라고 했습니다. 그러니 이대로 당하지 말고 공격을 해서 활로를 찾아보는 건 어떻겠습니까?"

위여귀의 귀가 번쩍 열렸다.

"공격을 하자고?"

"그렇습니다. 이대로라면 조선군의 폭발하는 포탄에 아군 병력이 박살 날 가능성이 높습니다. 만일 공격하지 않을 거라면 빨리 퇴각해서 전열을 재정비해야 합니다."

위여귀가 딱 잘랐다.

"퇴각은 안 돼. 여기서 퇴각하면 당장 당산성이 위태로워져."

"그렇다면 공격이 최선입니다."

위여귀가 결정했다.

"좋아! 그러면 징집한 병력을 앞세워 공격을 개시하자."

징집 병력은 제대로 된 무장도 없었다.

그런 병력을 앞세우겠다는 말은 총알받이를 내세우자는 뜻이었다. 그러나 이런 위여귀의 지시에 어느 누구도 반대하지 않았다.

위여귀가 소리쳤다.

"서둘러 움직이도록 하라!"

"예, 장군."

청군 장수들이 급히 밖으로 나갔다.

청군은 본래 방어만을 하려고 했다. 그런 계획이 조선군의 송곳처럼 정확한 포격에 완전히 틀어지고 있었다.

청군 장수들은 병사들을 독려했다.

"빨리빨리 움직여라! 이대로 있으면 개죽음을 당한다! 독전관은 병사들이 서둘러 움직일 수 있도록 독려하라!"

독전관이 칼을 빼 들고 설쳐 댔다.

청국 병사들은 날아오는 포탄도 무서웠지만 바로 옆에 있는 독전관이 더 무서웠다. 그래서 무거운 발걸음을 억지로 떼며 앞으로 나아갔다.

청군 장수가 소리쳤다.

"공격하라! 공격!"

처음에는 주춤거리던 병사들이 하나둘 달리기 시작했다. 그러다 어느 순간 모든 병사들이 달렸다.

"와!"

"달려라!"

분명, 조금 전까지 개미 새끼 한 마리 없던 벌판이었다. 그러던 벌판에 청군이 모여들더니 갑자기 달리기 시작했다.

주변 일대가 평원이었다.

그런 평원에도 다행히 구릉은 있었다. 조선군 본진은 그런 구릉에서 전장을 내려다보고 있었다.

손인석이 혀를 찼다.

"쯧쯧! 결국 견디지 못하고 튀어나오는구나."

대진이 거들었다.

"포격 피해를 당하지 않으려면 퇴각 아니면 공격인데 공격을 선택했네요."

총참모장도 동조했다.

"맞아. 요하에서의 공방전의 패배가 적장의 선택을 강요한 것 같다."

손인석이 확인했다.

"참모장! 개틀링 배치는 잘해 놓았지?"

"그렇습니다. 5정의 기관총이 교차사격을 할 수 있도록 전장에 적절히 배치해 두었습니다. 아울러 저격수들도 전면 배치했고요."

손인석이 흡족해했다.

"좋아! 그러면 청군의 공격이 어떻게 전개되는지 지켜보도록 하자."

본래 돌격하더라도 먼 거리에서는 속보로 전진한다. 그래야 체력을 보전하면서 돌격 거리를 달려 나갈 수 있기 때문이다.

그러나 청군은 그럴 겨를이 없었다.

워낙 정확한 조선군의 포격이 강렬해서 청군은 시작부터 달리기 시작했다. 그런 문제점은 오래지 않아 현실로 드러났다.

처음부터 달리던 청군 병력은 몇백 미터를 지나면서 헉헉댔다. 그러나 쏟아지는 포탄 때문에 발걸음을 쉽게 멈출 수가 없었다. 그리고 독전관이 무서워서라도 계속 달렸다.

하지만 1킬로미터가 넘으면서 청군 병사들은 점차 발을 떼기 어려워졌다.

이러한 때.

퍽! 퍽! 퍽! 퍽!

조선군 저격수들의 총탄이 날아왔다. 백발백중의 저격수들에게 허우적대며 달리는 청군은 좋은 표적이었다.

청군은 이중의 적을 상대해야 했다.

마음 같아서는 당장 돌아가고 싶었다.

그러나 칼을 휘두르고, 실제로 몇 명은 베어서 죽인 독전관이 두려워서라도 무조건 달려야 했다. 그런 청군을 조선군 저격수가 용서하지 않았다.

퍽! 퍽! 퍽! 퍽!

비명이라도 지르면 그나마 죽지는 않았다. 그런데 대부분의 청군 병사들은 비명도 지르지 못하고 죽어 나갔다.

그래도 달렸다.

죽기 싫으면 달려야 했다.

저격수의 총탄에 수많은 청군이 죽어 나갔다. 그리고 더 많은 숫자의 청군이 총탄을 피해 달렸다.

그러나 재앙은 뒤에 또 있었다.

어느 순간.

투! 투! 투! 투!

둔탁한 기계음과 함께 총탄이 쏟아졌다. 개틀링의 분당 500발의 발사 속도는 전장을 온통 총탄으로 뒤덮어 버렸다.

또 다른 재앙이 닥친 것이다.

그토록 죽음을 무릅쓰고 달리던 청군이 순간적으로 주춤했다. 기관총의 사정없는 총탄에 청군 병사의 발걸음이 절로 멈춰졌던 것이다.

달려오는 족족 죽어 나갔다.

그래도 청군은 꾸역꾸역 달려왔다. 그렇게 달려온 청군 중 개틀링기관총의 화망(火網)을 누구도 벗어나지 못했다.

대진이 그런 전장을 내려다보고 있었다.

"대단하네요. 기관총 5정의 저렇게 대단한 위력을 발휘할 줄은 몰랐습니다."

총참모장도 동조했다.

"그러게 말이야. 기관총의 화망을 벗어나는 숫자가 극소수에 불과해."

"만일 우리가 보유한 개인화기를 가져왔다면 아예 상대도 되지 않겠습니다."

"당연하지."

손인석이 말을 잘랐다.

"그 말은 하지 않도록 해. 우리 개인화기는 북벌에 성공하고 난 후에 천천히 고민할 일이야."

마군은 개인화기를 봉인해 두었다.

아직은 평정소총만으로도 충분하다는 판단 때문이다. 그리고 분실하거나 외부로 유출되었을 때의 문제를 생각하지 않을 수 없었다.

두 사람이 동시에 고개를 숙였다.

"알겠습니다."

"죄송합니다."

손인석이 손을 저었다.

"아니야. 그보다 기관총의 총탄은 문제가 없지?"

총참모장이 대답했다.

"예, 이번에 재보급받아 충분합니다."

"좋아! 그러면 기다려 보자. 청군 지휘관들도 사람인데 저렇게 죽어 나가는 모습을 끝까지 지켜보지는 않을 거야."

그러나 이 예상은 잘못되었다.

위여귀는 돌격을 멈추게 하지 않고 징집한 병력을 끝도 없이 밀어 넣었다. 그 바람에 전장은 온통 시신으로 넘쳐 났으며 피로 붉게 물들었다.

돌격은 저녁이 되어서야 끝났다.

손인석이 고개를 저었다.

"지휘관이 누군지 참으로 대단한 인물이구나. 병사들이 저렇게 죽어 나가는데도 돌격을 멈추지 않으니 말이야."

총참모장이 몸서리를 쳤다.

"정말 독한 인물입니다. 아무리 청나라에 사람이 많다지만 인명을 도외시한 공격이라니요."

대진이 분석했다.

"적장은, 우리 기관총의 총탄이 모두 소진될 때를 노리는 것 같습니다."

그 말에 손인석이 헛웃음을 지었다.

"허허! 인명과 총탄을 맞바꾸겠다는 말이야?"

"그렇지 않으면 저렇게 무모한 공격을 어떻게 하겠습니까? 제가 겪어 본 바로는 내일도 정밀 포격을 시도하면 돌격을 감행할 공산이 큽니다."

"설마 그렇게까지 하려고?"

대진의 대답은 단호했다.

"아닙니다. 청군 지휘관이 요하에서의 지휘관과 동일한 인물이라면 분명 똑같은 방식으로 밀어붙이려 할 것입니다."

"허, 그렇게 무모한 자가 청군 지휘관이라니 어이가 없네."

"그래서 드리는 말씀인데, 우회 공격을 생각해 보시지요."

대진의 제안에 손인석이 고개를 갸웃했다.

"우회 공격을 하자고?"

"예, 만일 적장이 요하에서와 같은 자라면 무모한 공격을 며칠이고 계속 감행할 것입니다. 그러한 틈을 이용한다면 우리 측면 부대가 외곽으로 돌아서 공격을 감행할 시간이 충분하지 않겠습니까?"

"음! 총참모장의 생각은 어떤가?"

"나쁘지 않다고 생각합니다. 하지만 그게 오히려 적이 노리는 바일 수도 있으니 두 가지 작전을 병행하는 게 좋을 듯합니다."

총참모장이 자신의 생각을 설명했다. 그 말을 들은 손인석은 즉석에서 지시했다.

"참모들이 두 사안을 갖고 계획을 수립하도록 하게."

"예, 알겠습니다."

다음 날이 되었다.

대진의 예상은 정확했다.

다음 날도 무인정찰기를 활용한 정밀 포격이 시작되었다. 그러자 청군은 전날과 같이 인해전술과 같은 밀어붙이기 공격을 강행했다.

전날과 같은 상황이 다시 이어졌다.

그것을 확인한 조선군의 좌우 측면에 있는 부대가 기동을 시작했다. 이들 병력은 무인정찰기의 도움을 받으면서 은밀하면서도 재빠르게 움직였다.

위여귀는 답답했다.

전날 수만 명의 사망자가 발생했다. 그리고 오늘도 이른 새벽부터 공세로 전환했는데 도무지 상황이 반전될 기미가 보이지 않았다.

"하! 이거 갑갑하구나. 가만히 있으려니 조선군의 포격에 견디지를 못하겠고. 그렇다고 공세를 계속해도 틈이 보이지가 않아."

부관이 조심스럽게 건의했다.

"장군, 이럴 바에야 병력을 옆으로 돌려 조선군의 측면을 공격하시지요."

위여귀의 눈이 번쩍 뜨였다.

"응! 측면 공격을 하자고?"

"예, 지금 이대로라면 이삼일이면 공격할 병력도 없어지게 됩니다. 그럴 바에야 정병을 둘로 나눠 측면을 공격하면 돌파구가 뚫리지 않겠습니까?"

"그거 아주 좋은 생각이다. 그러면 우리 북양군을 둘로 나눠서 공격을 시켜야겠구나."

"전부를 나누면 중앙이 허술해집니다. 그러니 병력을 셋으로 나눠 하나는 중앙을 맡기시지요."

"좋아! 그렇게 해 보자."

위여귀는 북양군의 남은 병력 중 5,000씩을 좌우로 나눴다. 그리고 북양군의 지휘관 중 가장 믿을 수 있는 자에게 지휘를 맡겼다.

"자네들 두 사람이 병력을 인솔해 조선군의 측면을 때리도록 하게. 그런 자네들을 돕기 위해 지금부터 공격하는 병력을 더 투입하겠네."

"알겠습니다."

"반드시 성공해서 돌아오겠습니다."

"잘 부탁하네."

인사를 마친 지휘관들은 달려갔다.

그리고 얼마 후.

탕! 탕! 탕! 탕!

양쪽 측면에서 갑작스러운 총성이 울렸다. 그런데 총성이 격렬하게 들려서 위여귀가 깜짝 놀랐다.

"아니, 대체 어떻게 된 일이기에 총격전이 벌어진 거야? 부관, 어떤 상황인지 빨리 전령을 보내 보도록 하라!"

부관이 서둘러 전령을 보냈다. 그리고 얼마 후 전령이 달려와 보고했다.

"조선군이 측면으로 다가오다가 우리 병력과 조우했다고 합니다. 그런데 조선군이 대기하고 있는 바람에 상황이 좋지 못합니다."

위여귀는 등골이 섬뜩했다.

"뭐라고? 조선군이 기다리고 있었어?"

"예, 장군."

"정말 큰일 날 뻔했구나. 병력을 보내지 않았다면 앉아서 당했을 거야. 내가 부관의 말을 듣기를 잘했구나."

부관의 어깨가 올라갔다.

"장군, 양 측면의 우리 병력이 고전하고 있다고 하니 서둘러 추가 병력을 보내도록 하시지요."

"그래야지. 기습은 물 건너간 상황이니 병력이라도 보내서 적군을 몰아내야겠다. 좌우로 5,000씩을 더 보내도록 하라."

"예, 장군."

이 대처는 일견일 리가 있었다.

그러나 추가로 보낸 병력은 오합지졸인 점이 문제였다. 더구나 보낸 병력의 무장 상태가 형편없어서 오히려 짐이 되어 버렸다.

병력이 배치되면서 청군의 좌익과 우익은 오히려 큰 혼란에 빠졌다. 그런 혼란을 조선군이 제대로 포착해서는 제대로 쪼개 들어갔다.

"적이 당황하고 있다. 조금 더 압박을 가하도록 하라! 박격포는 적이 혼란한 틈을 집중적으로 노리도록 하라!"

퐁! 퐁! 퐁! 퐁!

보병의 최대 화력인 박격포가 제대로 위력을 발했다. 그로 인해 극심한 혼란에 빠졌던 청군 좌우익은 어쩔 수 없이 퇴각해야 했다.

공방전이 벌어지는 상황에서의 퇴각은 모래성이 무너지는

것과 같다. 한쪽이 무너지기 시작하자 그 여파는 곧 전체로 번져 나갔다.

이렇게 되니 병력을 밀어 넣고 있던 전방도 크게 흔들렸다. 조선군은 이런 기회를 놓치지 않았다.

손인석이 즉각 지시했다.

"청군 진용이 흔들리고 있다. 전 전선은 방어에서 공격 태세를 전환하도록 하라!"

총사령관의 지시가 각 부대로 전달되었다.

"공격하라!"

드디어 공격 명령이 떨어졌다.

그동안 수비만 하던 조선군이 드디어 대대적인 역공을 시작했다. 가뜩이나 흔들리던 청군은 이 공세에 급격히 허물어졌다.

"전진하라!"

"와!"

탕! 탕! 탕! 탕!

조선군은 전 병력이 과감히 전진해 갔다. 그에 따라 돌격을 감행하던 청군은 주춤거리다가 어느 순간 후퇴하기 시작했다.

"청군이 물러선다."

"공세를 늦추지 마라!"

"와!"

"밀어붙여라!"

위여귀는 허망했다.

불과 얼마 전까지만 해도 병력을 욱여넣고는 있었지만 전세는 팽팽했다. 그러던 전세가 좌우측이 무너지기 시작하면서 걷잡을 수 없는 사태로 발전해 버렸다.

"아아! 이를 어쩌면 좋단 말인가?"

부관의 목소리가 기어 들어갔다.

"장군, 송구합니다. 제 조언이 잘못되어서 진영이 무너져 버렸습니다."

위여귀가 고개를 저었다.

"아니다. 어떤 결과든 명령을 내린 내 책임이다. 그보다 이 상태로는 조선군을 막을 수가 없다. 그러니 전 병력에게 지시해 50리를 물려서 새로 진용을 꾸리도록 하자."

"예, 알겠습니다."

부관이 급히 각 부대로 전령을 보냈다.

그러고는 위여귀와 같이 퇴각을 시작했다. 지휘부가 퇴각하자 청군 진영은 완전히 무너져 내렸다.

이날 조선군은 30리를 전진했다. 그리고 청군은 50리를 퇴각해 겨우 병력을 수습했다.

장성을 넘어서 치른 첫 번째 전투였다. 이 전투에서 조선군은 10만이 넘는 청군을 살상하면서 압도적인 대승을 거두었다.

8장

소식은 곧바로 해병대로 전해졌다.

보고를 받은 장병익이 크게 기뻐했다.

"하하하! 잘되었구나. 본진이 대승을 거뒀어. 그것도 10만이 넘는 청군을 살상하면서 말이야."

해병대에 이어 추가로 상륙한 병력은 조선군2군이었다. 2군 사령관 양헌수가 나서서 제안했다.

"장 사령관님, 우리도 본진에 맞춰 본격적인 행보를 시작해야 하지 않겠습니까?"

"그래야지요. 양 사령관님이 보시기에 언제가 좋겠습니까?"

"우리는 내일 당장이라도 가능합니다."

"좋습니다. 그러면 내일은 너무 급하니 모레에 출정을 하십시다."

"그렇게 하십시다."

"그런데 준비 단단히 하셔야 합니다. 우리가 상대해야 할 청군은 최강의 병력이라는 북양군의 핵심입니다."

양헌수가 크게 웃었다.

"하하하! 해병대와 함께하는데 무엇이 두렵겠습니까? 그리고 우리 야포의 사거리는 청군의 2~3배입니다. 보유한 소총의 위력도 청군을 압도하지 않습니까."

"맞는 말씀입니다. 저들에게 없는 박격포도 있고 해서 밀릴 리는 없지요."

"예, 그리고 이번에는 공군의 지원도 있으니 지려야 질 수 없는 싸움이 될 것입니다."

그 말에 장병익이 크게 웃었다.

"하하하! 맞습니다. 공군의 폭격을 위해 지난 두 달여 동안 소문을 잘 내 놨으니 아마도 큰 효과를 볼 수 있을 겁니다."

해병대와 육군의 2군은 천진을 두 달가량 점령하고 있었다. 그러는 동안 훈련도 착실하게 받았지만 소문도 은밀하게 꾸준히 내고 있었다.

양헌수가 흡족해했다.

"아녀자의 한은 오뉴월에도 서리를 내린다고 했습니다. 지난 호란(胡亂)에 억울하게 희생된 우리 조선 아녀자들이 이번에 한을 풀 것이라는 소문이 많이 퍼져 있습니다. 폭격이

시작되면 청군은 아마도 크게 혼비백산할 것입니다."

"예, 그래야지요. 철저하게 폭격해서 억울하게 희생되신 우리 어머님과 누님 들의 한을 풀어 주어야지요."

양헌수도 동조했다.

"맞습니다. 비록 소문이지만 실제로 그렇게 되었으면 좋겠습니다. 이제는 어떠한 일이 있더라도 우리 여인네의 눈에서 피눈물을 흘리지 않게 만들어야지요."

장병익이 몇 번이고 고개를 끄덕였다.

양헌수가 자리에서 일어났다.

"자! 그럼 저는 병력을 점검하기 위해 먼저 움직이겠습니다."

"살펴 가십시오. 저도 우리 해병대를 챙겨 봐야겠습니다."

두 사람은 다음 날까지 각자의 병력을 점검하느라 바쁜 시간을 보냈다.

그리고 이틀 후.

"출정하라!"

장병익의 명령으로 해병대와 육군2군이 천천히 북상하기 시작했다. 그렇게 진군을 시작한 조선군은 사흘 동안 행군했다.

그리고 나흘째 되는 날.

조선군이 패주(霸州) 지역에 도착했다.

천진에서 북경은 구릉도 별로 없는 평지다. 그런 두 지역의 중간 부분이 패주로 이 지역도 완전히 평원으로 작은 개천만 흐르고 있었다.

이 너머에 청군이 진을 치고 있었다.

해병대참모장이 걱정했다.

"사령관님, 이거 주변이 너무 개활지입니다. 이렇게 은폐물도 없는 곳에서 전투를 치르게 되면 승리해도 인명피해가 상당히 발생하겠습니다."

장병익도 인정했다.

"공격작전을 좀 더 다듬어야겠어. 참모장, 참모들을 전부 소집하도록 해."

잠시 후. 참모들이 모였다.

"귀관들이 보다시피 완전 개활지다. 무인정찰기로 봤을 때는 그래도 구릉이 있었던 것 같은데, 실제로 와 보니 달라. 이런 개활지에서 공격을 가한다면 아군에게도 큰 부담이 아닐 수 없다. 그래서 나는 공격작전을 좀 더 세심하게 다듬었으면 한다."

참모장도 동의했다.

"동의합니다. 이런 평지에서는 전투가 벌어졌을 때 지휘부도 무인정찰기가 없으면 현장을 파악하기 어렵습니다."

참모들이 새로운 의견을 개진하기 시작했다. 이미 수십 차례 숙의해 온 작전 계획이어서 다듬고 고치는 데는 그렇게 많은 시간이 걸리지 않았다.

같은 시각, 청군.

이홍장이 지휘관회의를 소집했다.

"제장들도 보고를 들어서 알겠지만 당산의 위 장군이 대패를 했다. 천진의 대고포대가 함락되면서 조선군의 화력이 상당하다는 것은 알았지만 이건 생각 이상이야."

정여창이 아쉬워했다.

"참으로 아쉽습니다. 해군력만 제대로 갖추고 있었다면 조선군의 상륙을 애초부터 저지할 수 있었을 것입니다."

이홍장이 씁쓸해했다.

"태후 폐하께서 너무 늦게 재가를 해 주셨어. 그러지 않았다면 일찌감치 해군력을 보강했을 터인데 말이야. 그랬다면 영국에 주문한 5척의 전함이 이번 전쟁에서 아주 유효적절하게 활용이 되었을 거야."

"맞습니다."

오장경이 지적하고 나섰다.

"현실이 문제입니다. 저도 제대로 된 함대가 있었다면 당장이라도 바다로 달려 나가고 싶습니다. 그러나 이제 와서 그것을 아쉬워해야 무슨 소용 있겠습니까?"

이홍장이 인정했다.

"맞는 말이오. 지금은 현실이 중요하지. 조선군의 병력이 얼마라고 했나?"

부관이 보고했다.

"10만 정도로 파악됩니다."

"우리보다 1/3 수준이구나."

엽지초가 자신 있게 나섰다.

"그렇습니다. 조선군이 천진에서 머뭇거려 준 덕분에 20여만을 징병할 수 있었습니다. 이 정도의 병력이라면 화력이 조금 앞선 조선군 정도는 충분히 막아 낼 수 있을 것입니다."

오장경이 주의를 주었다.

"그래도 조심해야 합니다. 대고포대의 사례를 살펴보면 조선군의 함포 사거리가 우리보다 2~3배는 길었습니다. 더 큰 문제는 포탄이 폭발하는 바람에 대고포대가 맥없이 나가떨어졌다는 것이고요."

그러자 장내 분위기가 급격히 무거워졌다.

이홍장도 한동안 말을 못 했다.

"……후! 나도 함포의 사거리가 길다는 보고는 받았소. 그래서 지금까지 고심이 많았소이다. 그러나 조선군의 모든 포탄이 폭발하지는 않을 거요."

오장경이 거들었다.

"저도 그렇게 생각합니다. 화약을 제조하는 데 얼마나 많은 공이 들어가는데, 설마 모든 포탄이 그렇지는 않을 것입니다."

이들의 예상대로 조선군의 포탄이 전부 고폭탄인 것은 아니었다. 폭약이 장약되지 않은 철갑탄도 있기는 했다.

그러나 이 철갑탄은 끝이 뾰족한 형태로, 용도가 따로 있었다. 철갑탄은 운동에너지에 의해 철판이나 성벽 등을 파괴하는 데 사용된다. 이런 사실을 청군은 몰랐다.

정여창이 건의했다.

"이번의 전투는 초기 대응이 중요합니다. 조선군도 그런 사정을 알고 있기 때문에 서전에서 화력을 집중해서 밀어붙이려고 할 것입니다. 그에 대한 대응으로 징집 병력을 선두에 배치하는 것이 좋을 듯합니다."

엽지초가 동조했다.

"좋은 의견입니다. 저들의 화력이 아무리 좋다고 해도 포격에는 한계가 있는 법입니다. 우리의 목적이 조선군의 공격을 막아 내는 것임을 잊지 말아 주셨으면 합니다."

모두가 징집 병력을 선두에 세우자고 한다. 이홍장도 자신의 분신이나 다름없는 북양군을 전면에 내세울 생각이 없었다.

이홍장이 결정했다.

"좋습니다. 여러분의 의견이 그러니 징집 병력을 선두에 세우도록 합시다. 아울러 도망병이 생길 수도 있으니 독전관의 배치를 철저히 하세요."

오장경이 대답했다.

"알겠습니다. 그런데 포대는 어떻게 배치하는 것이 좋겠습니까?"

이홍장이 침음했다.

"으음! 함포가 우리보다 2~3배라면 야포의 사거리도 그렇게 나오겠지요?"

"아마도 그럴 것입니다."

이홍장은 머리가 아파 왔다.

"후우! 어떻게 해야 할지 나도 선뜻 결정하기 어렵소이다. 그렇다고 야포를 전방에 내세울 수도 없는 일이고요."

엽지초가 대번에 반대했다.

"포대를 앞세우는 것은 절대 안 됩니다. 그리되면 적의 포병에 표적이 될 뿐입니다."

"그렇다고 후방에서 적군이 공격해 올 때까지 마냥 대기시킬 수도 없지 않겠소?"

"아닙니다. 그렇게 해서라도 포병 전력을 보전할 수 있다면 그렇게 해야 합니다. 지금 우리의 임무는 조선군을 격멸하는 것이 아니라 방어하는 것입니다. 포병이 무너진다면 조선군의 공세를 방어할 방법이 별로 없습니다."

이홍장이 한숨을 내쉬었다.

"하아! 포병을 활용 못 하면 아군이 조선군의 포격에 그대로 노출될 수밖에 없는데……."

엽지초가 강하게 나갔다.

"약간의 희생은 어쩔 수 없습니다. 지금의 우리로서는 북양군의 전력을 최대한 보전하면서 조선군의 공격을 막아 내야 합니다. 이번 전쟁은 결코 쉽게 끝나지 않습니다."

이홍장이 씁쓸한 표정을 지었다.

"우리가 알고 있는 조선군은 핫바지저고리에 병기라고는 창과 칼이 고작이었었소. 그러던 조선군이 언제 이렇게 강력한 무장으로 거듭났는지 참으로 모를 일이오."

이 말에 모두의 안색이 흐려졌다.

원세개는 오장경을 보좌하며 회의에 참석해 있었다. 그래서 회의의 모든 과정을 낱낱이 챙기고 있었다.

'조선이 놀랍게 발전했구나. 지난번에 갔을 때도 너무도 당당하게 우리를 대했고. 심지어는 선전포고를 하면서 쫓아내기까지 했어. 그때는 조선이 무모한 짓을 저지른 줄 알았는데 그게 아니었어.'

원세개는 사람들을 둘러봤다.

'이분들은 전부 우리 청국의 맹장들이시다. 그런 분들이 대놓고 말은 하고 있지 않지만 조선의 강력한 군사력을 하나같이 우려하고 있어.'

원세개는 다짐했다.

'나는 언젠가 청국 최고의 지도자가 될 것이다. 그러한 때가 되면 절대 조선을 무시하지 않을 것이다. 아니, 어떻게 해서든 조선과 친해져서 조선을 내 편으로 만들고 말 것이야.'

원세개가 이런 다짐을 하고 있는 사이 이홍장도 결심을 굳혔다.

"엽 장군의 말씀대로 포대는 후방에 배치합시다. 그리고 조선군의 포격이 강력할 것이 분명하니 병사들이 동요하지 않도록 철저히 단속하세요."

"예, 알겠습니다."

이날 청군의 지휘부 막사는 밤늦게까지 불이 꺼지지 않았다.

다음 날이 되었다. 이날은 조선군과 청군 모두 병력을 재배치하느라 분주한 시간을 보냈다.

그리고 마침내 그다음 날.

조선군의 공격이 시작되었다.

쾅! 쾅! 쾅! 쾅!

이홍장의 예상대로 조선군은 대대적인 포격을 먼저 감행했다. 이러한 포격은 예상을 훌쩍 뛰어넘어 정밀하게 청군을 타격했다.

야포 100여 문의 포격은 실로 대단했다.

지축이 뒤흔들렸으며 땅이 뒤집어졌다.

청군은 여느 때와 같이 밀집대형으로 집결해 있었다. 그런 청군에 포격이 작렬하면서 인명피해는 순식간에 쌓여 갔다.

조선군의 포격은 규칙적이고 끈질겼다. 그런 포격에 청군의 방어선은 하나씩 무력화되어 갔다.

그렇게 얼마의 시간이 지났을 때.

타! 타! 타! 타!

둔탁한 소리가 하늘에서 들려오기 시작했다. 그 소리는 강

력한 폭발음에 묻혀 거의 들리지 않았다.

날아온 헬기는 청군 진영을 그대로 지나쳤다. 그렇게 날아간 헬기는 무인정찰기의 안내를 받아 청군이 배치해 놓은 포대로 흩어졌다.

“옆문 개방.”

기장의 지시에 헬기 옆문이 열렸다. 그러고는 무인정찰기의 유도를 받아 사격통제장치를 조정했다.

그리고 어느 순간.

“폭탄 투하!”

기장의 지시에 맞춰 포탄이 투하되었다. 헬기는 십여 차례 포탄을 투하하고는 유유히 현장을 빠져나갔다.

포탄이 투하되면 처음에는 보이지 않는다. 그러다 어느 순간 포탄의 형태가 보였고 떨어지는 포탄은 시간이 지날수록 가속이 붙는다.

그러다 지상에서 놀랄 즈음.

꽈광! 화악!

폭발과 함께 지상이 불타올랐다.

소이탄의 폭발력은 대단했다.

꽈광! 꽝! 꽝!

조선군의 포격은 일본에서와 달리 무인정찰기로 유도되었다. 거기에 사격통제장치가 가동되면서 정밀 포격이 이뤄졌다.

그 여파는 실로 대단했다.

청군은 야포 주변에 포환과 화약을 쌓아 놓고 있었다. 소이탄은 그런 화약을 그대로 집어삼키면서 거대한 유폭이 일어났다.

유폭은 화포는 물론이고 그 일대를 모조리 날려 버렸다. 이러한 폭격이 몇 차례 이어지면서 청군 포대가 아예 쑥대밭이 되었다.

이홍장은 망연자실했다.

"아아! 이게, 이게 대체 어떻게 된 일이란 말인가! 하늘에서 폭탄이 떨어지다니."

이홍장도 조선 여인의 한에 대한 소문을 들어서 알고 있었다. 그러나 전장에서의 소문은 늘 있는 법이어서 그러려니 하며 무시하고 있었다.

그런데 그 소문이 현실이 되었다.

부관의 목소리가 떨렸다.

"대인, 조선 여인이 한을 품어 하늘에서 불벼락이 떨어진다는 소문이 있었습니다. 한데 그 소문이 사실이었습니다."

이홍장은 할 말이 없었다.

본래라면 부관의 말을 냉정하게 내쳐야 하는 게 맞다. 그러나 소문이 실제로 일어났다는 사실에 그는 크게 당황하고 있었다.

오장경은 후군대장을 맡고 있었다. 그래서 후방 포대의 모든 상황을 전부 목도할 수 있었다.

오장경의 목소리가 떨렸다.

"아아! 믿을 수가 없구나. 전장에서 떠돌아다니는 소문인 줄 알았는데, 그게 사실이었어."

원세개의 안색도 창백해졌다.

'이게 정녕 꿈인가 생시인가. 소문에 우리의 과거 잘못 때문에 조선 여인이 판을 품어 하늘이 노해 불벼락을 내린다고 했다. 하지만 한낱 소문인 줄만 알았는데…….'

원세개가 대번에 우려했다.

"장군, 안타깝게도 우리 포대가 거의 전멸했습니다. 포병도 대부분 전사했고요. 이렇다면 방어를 하는 데 큰 문제가 되지 않겠습니까?"

오장경이 침음했다.

"으음! 맞다. 대책을 강구하지 않으면 그대로 밀릴 수밖에 없어."

오장경이 급히 일어났다.

"나는 가서 북양대신을 만나 보고 올 것이다. 그러니 너는 여기서 전황을 잘 지켜보도록 해라."

"예, 대인."

오장경이 급히 말을 타고 달려갔다. 그렇게 지휘부 막사를 찾은 오장경은 반쯤 넋이 나가 있는 이홍장에게 다가갔다.

"대인, 소장입니다."

"아! 오 장군, 무슨 일이오?"

오장경이 포대를 손으로 가리켰다. 포격을 당한 포대는 검붉은 불길에 뒤덮여 있었다.

“대인, 포대가 저렇게 된 상황인데 조선군의 공세를 받아 낼 수 있겠습니까? 뭔가 특단의 대책을 강구해야 하지 않겠습니까?”

이홍장이 한숨을 내쉬었다.

“후! 갑작스럽게 당한 상황이어서 솔직히 당장 뭐를 어떻게 해야 할지 모르겠소.”

“포병이 없으면 수비에 막대한 차질을 빚을 수밖에 없습니다. 더구나 조선군의 포격에 인명피해도 상당하고요. 이렇게 수비만 하다가는 앉아서 당하게 생겼습니다.”

“공격이라도 하자는 거요?”

“최선의 수비는 공격이라는 말이 있지 않습니까?”

이홍장이 고개를 저었다.

“무리입니다. 지금 상황에서 공격한다면 건 지극히 위험합니다. 가뜩이나 화력에서 뒤지고 있는데 자칫 섶을 지고 불로 뛰어드는 형국이 될 수가 있습니다.”

“그러면 이대로 적의 포격을 대책 없이 받아 내자는 말씀입니까?”

“후! 당장은 어쩔 수가 없습니다. 조선군도 무한정 포격만 가할 수는 없으니 저들이 공격해 올 때까지 기다려 봅시다.”

“……알겠습니다.”

오장경은 더 권하지 못하고 자신의 자리로 돌아갔다. 오장경이 돌아오자 원세개가 다가왔다.

"어떻게 되었습니까?"

오장경이 고개를 저었다.

"대인께서 버티기로 결정하셨네."

원세개가 안타까워했다.

"아아! 그러면 큰일 아닙니까? 포병도 없이 어떻게 조선군의 공세를 막아 낸단 말입니까?"

오장경이 한숨을 내쉬었다.

"후! 어쩔 수 없지. 대인께서 한 번 결정하면 번복하지 않는 분이니 그대로 따를 수밖에."

오장경이 말을 하는 도중 조선군의 포대의 포성이 더욱 크게 들려왔다.

쾅! 쾅! 쾅! 쾅!

당산의 청군 상황은 최악이었다.

30여만에 가까운 병력이었다. 그런 병력이 조선군의 공격에 10만 이상의 병력을 잃었다.

그뿐만 아니라 후퇴하면서 수많은 병력이 도망을 쳐 버렸다. 그 바람에 청군은 10만을 겨우 넘긴 병력만이 남게 되었다.

조선군은 이런 청군을 숨 쉴 틈도 주지 않고 강하게 밀어붙였다. 그로 인해 청군은 다시 후퇴해서 당산성 안까지 밀려났다.

대진이 당산성의 상황을 살폈다.

"성벽이 그래도 꽤 높네요."

손인석이 옆에 있다가 동조했다.

"그러게 말이야. 심양만큼은 아니어도 상당히 높네."

조선은 청국이 봉천이나 성경으로 부르던 도시를 심양으로 고쳐 부르기로 했다.

"대륙의 성은 전부가 벽돌로 쌓나 봅니다. 조선은 대부분 돌로 쌓는데요."

"지역에 따라 구하기 쉬운 재료를 사용하다 보니 그런 차이가 나는 것 같아. 그런데 심양을 포격해 보니 벽돌로 쌓은 성이 의외로 잘 버텼어."

"그랬군요. 이번에는 어떻게 공격을 가하실 겁니까? 바로 포격부터 진행하나요?"

손인석이 고개를 저었다.

"아니야. 우선은 항복부터 권해 볼 생각이야."

손인석의 지시를 받은 전령이 백기를 말에 꽂고서 성으로 달려갔다. 그리고 성루를 향해 편지가 꽂힌 화살을 날리고 돌아왔다.

위여귀가 대로했다.

"이 쳐 죽일 놈들. 고려봉자(高麗棒子) 놈들이 감히 우리를

어떻게 보고 항복을 거론하고 있어."

부관도 옆에서 거들었다.

"항복이라니요. 말도 안 되는 소리입니다. 대인, 성안으로 피신해 들어온 피난민들이 수십만입니다. 이들을 당장 징집해서 성을 방어한다면 조선군의 화력이 아무리 강하다고 해도 충분히 막아 낼 수 있을 것입니다."

"맞다. 부관은 지금 당장 병력을 풀어서 피난민들을 징집하도록 하라."

"예, 알겠습니다."

당신성은 만리장성을 넘은 피난민들이 대거 들어와 있었다. 위여귀의 지시로 청군은 이런 피난민들을 무차별하게 징집했다.

그 바람에 성안이 온통 눈물바다가 되었다. 그러나 청군은 냉정하고 징집해서는 대부분 맨몸으로 성벽에 올려 보냈다.

불과 하루 만에 수만 명이 징집되었다. 그 바람에 당산성의 성벽 위가 온통 청군으로 뒤덮였다.

이런 성안의 상황을 조선군은 무인정찰기로 낱낱이 확인하고 있었다.

손인석이 입맛을 다셨다.

"쯧! 항복을 권유했더니 오히려 강제징병으로 병력만 불려 버렸네."

총참모장이 위로했다.

"그래 봐야 오합지졸입니다. 지난 전투에서 우리가 압승하게 된 것도 오합지졸 때문인데 청군이 또 그런 우를 범한 것뿐입니다."

대진도 동조했다.

"맞습니다. 우리가 공성전을 할 것도 아닌데 성벽에 병력이 아무리 많아 봐야 무슨 관계가 있겠습니까?"

"그건 그렇지."

손인석이 지시했다.

"우선은 성벽을 깨부수는 것이 좋겠다. 그래야 성벽에 의지해서 방어를 하겠다는 생각을 못 할 거 아냐."

총참모장이 대답했다.

"철갑탄으로 성벽을 무너트리라고 바로 조치를 하겠습니다."

조선군 본진은 심양을 함락한 경험이 있었다. 그래서 손인석의 지시가 떨어지자마자 10문의 포가 앞으로 나섰다.

"포격하라!"

쾅! 쾅! 쾅! 쾅!

야포는 본래 곡사포다. 조선군은 그런 야포를 앞으로 당겨 성벽을 향해 직사로 포격했다.

꽝! 꽈꽝!

성벽을 때린 포탄은 철갑탄이다.

철갑탄은 성벽이나 철판과 같은 장애물을 전문적으로 깨트리는 포탄이다. 이런 철갑탄에 맞은 당산성의 성문이 가장

먼저 깨져 나갔다.

청국의 성벽은 외곽을 벽돌로 쌓는다. 그런 성벽의 내부는 흙으로 메워서 방어력을 극대화했다.

성벽은 이러한 구조 덕분에 쉽게 무너지지는 않았다. 그러나 조선군의 포격은 한 곳만을 때리는 집중포격이었다. 그 바람에 시간이 지날수록 타격 면적은 점점 더 늘어만 갔다.

그러다.

와르르!

"으악!"

성벽한 쪽이 완전히 무너졌다.

그와 함께 성벽 위에 있던 청군이 함께 쓸려 내려갔다. 더불어 성벽에 거치해 두었던 대포도 함께 무너졌다.

성벽이 무너졌으나 조선군은 바로 공격을 하지 않았다. 그 대신 무너진 지점의 옆 부분을 계속 타격하면서 성벽을 꾸준히 무너트렸다.

성벽이 점점 더 넓게 무너져 갔다. 거기에 비례해 성안의 청군과 피난민들의 두려움은 커져만 갔다.

그러던 어느 순간, 대기하고 있던 조선군의 야포가 일제히 불을 뿜었다.

쾅! 쾅! 쾅! 쾅!

쏘아진 포탄은 성벽을 훌쩍 넘어 당산성의 내부를 그대로 타격했다.

청군은 크게 당황했다.

조선군이 성벽을 무너트리는 것을 보고는 전면 공격을 가하는 줄 알았다. 그래서 나름 거기에 대비하고 있었는데 갑자기 성안을 표적으로 대대적인 포격을 가한 것이다.

그뿐만 아니었다.

무너진 성벽 방면으로 100여 문의 박격포가 등장했다. 이런 박격포들도 곧바로 성안을 향해 포탄을 쏟아부었다.

퐁! 퐁! 퐁! 퐁!

청군으로서는 속수무책이었다.

박격포의 사거리는 짧아서 성에 상당히 가깝게 전진해서 포격을 가했다. 성벽에 대포가 있었다면 충분히 포격하고도 남을 거리였다.

그런데 성벽이 무너지면서 대포도 함께 휩쓸려 버렸다. 그 바람에 박격포는 어떤 제지도 받지 않고 포격을 감행할 수 있었다.

처음에는 성안을 포격하던 박격포가 이내 성벽 위의 청군을 집중적으로 노렸다.

꽝! 꽈꽝! 꽝!

“으악!”

“악!”

“피해라!”

갑작스러운 포격에 청군은 크게 놀랐다.

성벽에 있던 위여귀도 놀라 급히 성벽을 내려갔다. 성안을 포격하던 조선군의 포탄이 바뀐 것은 이때였다.

꽈광! 화악! 꽈광! 화악!

조선군은 포탄을 소이탄으로 바꿨다. 소이탄이 포격되면서 성안이 바로 불길에 휩싸이기 시작했다.

"불이야!"

"피해라! 불 폭탄이다!"

성안이 아비규환이 되었다.

가뜩이나 포격으로 상당한 건물이 무너진 상황이었다. 그런 상황에서 폭발한 소이탄은 급속히 불길을 불려 나갔다.

성안 사람들은 불길을 피해 이리 뛰고 저리 뛰었다. 그러나 이때까지만 해도 성 밖으로 도주할 생각은 하지 못했다.

박격포로 성벽 위의 상당 부분을 쓸어버렸다. 망원경으로 성벽 위의 상황을 지켜보던 손인석이 수신호를 보냈다.

대기하고 있던 부대장이 소리쳤다.

"공격하라!"

그 순간.

대대 병력이 일제히 뛰쳐나갔다.

달려가던 병력은 성벽에 가까워졌을 때 대부분의 병력이 바닥에 엎드렸다. 그런 병사들은 일제히 총구를 성벽 위를 향해 들어 올렸다. 몇십 명의 장병만 성벽을 향해 달렸다. 그렇게 달려간 장병들은 성벽 아래서 가져간 기구들을 순식간에 조립했다.

"쏴라!"

펑!

쏘아진 쇠스랑이 성가퀴에 걸렸다. 그러자 아래에 있던 장병들이 날렵하게 줄을 타고 올라갔다.

탕! 탕! 탕!

위로 올라간 장병들은 성벽에 있는 청군을 그대로 사살했다. 그렇게 순식간에 주변을 청소한 장병들이 아래로 손짓했다.

그러자 엎드려 있던 장병들이 일제히 일어나 달려 나갔다. 그러고는 신속하게 줄을 잡고 성벽을 타올랐다.

"가자!"

선발대가 성벽을 다 오르자 대기하고 있던 병력이 달려 나갔다. 그렇게 성을 오른 조선군은 성벽의 청군을 차례로 쓸어버렸다.

조선군은 절대 무리하지 않았다.

병력이 올라가자 바로 박격포가 뒤따랐다. 그렇게 올라간 박격포는 은폐물에 의지해 있던 성벽의 청군 머리 위로 폭탄을 떨어트렸다.

꽝!

성벽이 넓어도 박격포 한 방이면 끝장이었다. 그렇게 조선군이 차곡차곡 전진해 가자 청군은 점점 더 아래로 밀려 내려갔다.

그리고 어느 순간.

성벽의 조선군이 본진으로 신호를 보냈다. 그것을 본 총참모장이 보고했다.

"사령관님, 성벽의 청군을 모조리 소탕했다는 신호입니다."

"좋아! 대기하고 있던 병력을 모두 올려 보내라!"

"와!"

사단 병력이 차례로 달려 나갔다.

성 아래까지 밀려나 있던 위여귀는 더 이상 버텨 내지를 못했다.

그가 소리쳤다.

"성을 포기한다! 모든 성문을 열고 백성들을 먼저 내보낸다. 우리는 그런 백성들의 틈에 끼어 북경 방면으로 후퇴한다!"

"예, 장군."

잠시 후.

"와!"

박살 난 성문을 제외한 나머지 성문이 열렸다. 이어서 성안의 피난민들이 쏟아져 나왔으며, 그런 피난민들의 틈새로 청군도 함께 도주했다.

조선군은 성벽에서 청군을 보았음에도 그대로 놔두었다. 그러자 조심스럽게 움직이던 청군이 대놓고 도주를 감행했다.

성안의 피난민만 수십만이었다.

그 모두가 피난하는 데에는 한나절이나 걸렸다. 그래서 조선군이 성안으로 진군한 것은 날이 저물 무렵이었다.

이때부터 추격전이 시작되었다.

청군은 20~30킬로미터를 도주했다가 병력을 모아서 대응했다. 그때마다 조선군은 압도적인 화력을 청군을 격파했다.

그러면 청군은 다시 도주했다.

그렇게 추격전이 이어지면서 청군의 숫자는 급격히 줄어들었다. 그러다 북경을 50여 킬로미터 남을 무렵에는 청군 병력은 1만이 채 되지 않았다.

천진 방면의 청군은 포병이 박살 났음에도 그래도 잘 버텨냈다. 그러나 조선군의 공격에 인명피해가 축적되면서 조금씩 후퇴할 수밖에 없었다.

전황은 시시각각 자금성으로 전해졌다.

서태후는 며칠 전부터 제대로 잠을 이루지 못하고 있었다. 그녀는 하루에도 몇 번씩 전령을 보내 전황을 살피게 했다. 그런 전령이 전장을 다녀올 때마다 가져온 소식은 하나같이 절망적인 것뿐이었다.

이날도 그녀는 전령의 보고에 낙담했다.

"또 패전을 했단 말이더냐?"

"안타깝지만 위여귀 장군의 군대가 패전해서 후퇴했다고 합니다. 그리고 북양대신 이홍장 대인의 군대는 5리 정도 후퇴했고요."

서태후가 한숨을 내쉬었다.

"후우! 하나같이 패전 소식뿐이구나. 남양대신과 섬강총독의 군대는 어떻게 되었다고 하더냐?"

"섬강의 병력이 이제 막 황하 인근에 도착했다고 합니다."

쾅!

서태후가 팔걸이를 손으로 내리쳤다.

"조선군이 상륙한 지 벌써 두 달이다. 그동안 대체 무엇을 했기에 이제 겨우 황하 인근이라고 하더냐?"

군기대신 장지동이 나섰다.

"폐하, 병력을 이동하려면 준비해야 할 것이 식량을 비롯해 한두 가지가 아니옵니다. 섬강 병력이 두 달 만에 황하 인근까지 온 것만으로도 대단히 분전한 것이옵니다."

"식량이 필요하다면 이동하는 길에 공출을 하면 되지 않습니까?"

장지동이 고개를 저었다.

"몇만의 군대를 그렇게 계획 없이 이동시킬 수는 없사옵니다. 그러다 자칫 식량 공출이 차질을 빚는다면 병력이 와해되는 것은 순간입니다."

서태후가 다시 한숨을 내쉬었다.

"후우! 조선군이 북경 인근 100여 리 가까이 접근해 왔습니다. 이대로라면 지원군이 황하를 건너기도 전에 북경이 위험해지겠어요."

"북양대신은 누구보다 유능한 장수입니다. 위여귀 장군 또한 마찬가지고요. 그런 두 장수가 쉽사리 북경까지 길을 내줄 리가 만무합니다."

서태후가 고개를 저었다.

"아니에요. 이러다 무슨 사달이 나도 나지. 이렇게 넋 놓고 지원군이 올 때만을 기다릴 수는 없어요."

이때였다.

환관 이연영이 안으로 들어왔다.

"폐하! 공부상서와 예부상서 그리고 내각대학사께서 드셨사옵니다."

"안으로 드시라 하라."

세 사람이 들어왔다. 그리고 관복의 앞을 털고 무릎을 꿇고서 두 손을 모아 높이 들었다.

"태후 폐하를 뵙습니다."

"그만 일어들 나세요."

"황감하옵니다."

"그런데 무슨 일입니까?"

내각대학사 공헌이(孔憲彝)가 나섰다.

"폐하, 조선군이 너무 가까이 다가왔습니다. 그래서 걱정이 되어 태후 폐하를 찾아뵈었습니다."

공부상서 장상하(張祥河)도 거들었다.

"그렇사옵니다. 지금까지의 전황을 보면 조선군이 북경까

지 오는 데 닷새도 걸리지 않을 것이옵니다."

서태후가 눈을 크게 떴다.

"닷새라고요?"

"예, 그것도 지금까지의 예를 봐서입니다. 만일 한 번이라도 큰 패전이 발생한다면 북경은 바로 조선군과 맞닥뜨리게 되어 있습니다."

서태후가 몸을 부르르 떨었다.

"지금 북경성에 있는 병력이 얼마이지요?"

"3만 정도입니다."

예부상서 만청려(萬青藜)가 나섰다.

"폐하! 병력의 다소가 문제가 아닙니다. 지금까지 조사한 바에 따르면 조선군의 화력이 우리 청군을 압도한다고 합니다. 그런 전력 차이를 극복하지 못한 바람에 위 장군과 이 대인의 군대가 계속해서 패전을 거듭하는 것이고요. 특히 북양군의 포병이 완전히 무너지면서 포병이 조선군에 대해 절대 열세인 상황입니다."

서태후는 20년 가까이 청나라 국정을 쥐락펴락해 왔다. 그랬기 때문에 여자이지만 군사 문제에는 나름대로 밝았다.

서태후의 안색이 굳었다.

"우리가 밀리고 있는 원인이 조선군의 앞선 화력 때문이란 말이오?"

만청려가 대답했다.

"그렇습니다."

"그런 사실이 왜 지금까지 알려지지 않았던 것이오?"

"간악한 조선이 철저하게 사실을 숨겼기 때문입니다. 그래서 처음 흠차대신으로 조선에 갔던 장 대인도 전혀 그러한 사실을 파악하지 못했던 것입니다."

장지동이 급히 나섰다.

"맞는 말씀입니다. 제가 가서 본 조선이 기차를 비롯해 몇 가지 부분이 우리보다 앞섰던 것은 사실입니다. 그래서 좋은 조건으로 철도 기술을 들여왔던 것이고요. 그러나 어디에서도 지금과 같은 군사력은 볼 수 없었습니다."

만청려가 다시 나섰다.

"조선이 작정하고 숨겼을 것입니다. 그래서 다음에 갔던 흠차대신도 조선의 군사력을 전혀 파악하지 못했던 것입니다."

서태후가 이마를 찌푸렸다.

"그래서 하고 싶은 말씀이 무엇이오?"

"태후 폐하, 아뢰옵기 송구하오나 이런 상태로는 얼마 버티지 못하옵니다. 그래서 이제는 몽진(蒙塵)을 생각하셔야 할 것 같사옵니다."

쾅!

서태후가 대로했다.

"지금 나보고 자금성을 버리고 피신하라는 말씀이오?"

만청려의 허리가 접혔다.

"황공하옵니다. 하지만 지금으로선 최악의 상황도 염두에 두지 않을 수 없습니다."

"정녕, 예부상서께서는 우리 군이 조선군을 막지 못할 거라 생각하십니까?"

"꼭 그런 것은 아닙니다. 하지만 황실을 위해서는 천려일실(千慮一失)의 우를 범해서는 아니 된다고 생각합니다."

공헌이가 나섰다.

"폐하, 황실은 우리 대청의 근본입니다. 그래서 이런 말씀을 드리는 것이니 부디 해량하여 주십시오. 지금 시간이 별로 없사옵니다."

서태후가 한 번 더 질문했다.

"정녕, 우리 군이 조선군을 막아 내지 못할 거라 생각하십니까?"

공헌이가 고개를 저었다.

"지금은 그것이 중요한 것이 아닙니다. 만일 조선군이 북경을 에워싸기라도 한다면 황실 전체가 위태로울 수가 있사옵니다. 방금도 거론되었지만 조선군의 화력이 우리의 상상 이상이옵니다."

만청려가 다시 나섰다.

"그러하옵니다, 폐하. 만에 하나 이곳 자금성에 포탄이라도 떨어진다면 어떻게 되겠습니까?"

그 말에 서태후가 몸을 떨었다.

"설마 그런 일이 일어나려고요."

"지금은 무엇도 단정하기 어렵사옵니다. 조선군의 화포의 사거리가 우리의 2~3배라면 그럴 가능성을 절대 배제하지 못하옵니다."

신하들의 간곡한 설득에도 서태후는 바로 결정을 못 했다.

그녀는 자금성에서의 생활이 너무도 좋았다. 손짓만 해도 지금성에서는 모든 일이 이뤄진다.

그런데 피난이라니.

생각만 해도 힘들고 어려움이 느껴졌다. 더구나 북경 주변은 피난할 곳도 마땅치 않아서 황하는 건너야 안심할 수 있었다.

"후우!"

생각만 해도 가슴이 답답해졌다.

그런데 이때였다.

환관 1명이 급히 들어와 부복했다.

"태후 폐하! 급보이옵니다."

"무슨 일이더냐?"

"위여귀 장군이 패전해서 진영을 다시 30리 물렸다고 합니다."

서태후의 안색이 하얗게 변했다.

"뭐라고! 또 패전을 했어?"

"조선군의 화력이 너무 강력해서 1만이 겨우 넘는 병력으로 막아 낼 수가 없었다고 합니다."

"아아! 30여만을 징병했는데 그 많은 병력이 전부 어디로 갔단 말인가?"

공헌이가 다시 나섰다.

"폐하! 시간이 없사옵니다. 부디 통촉하여 주시옵소서."

장지동도 나섰다.

"폐하! 황실이 몽진하기 위해서는 준비할 일이 한두 가지가 아닙니다. 더구나 황실을 호종할 내각과 황족들도 마찬가지고요. 하오니 안타깝지만 이제 결정해 주셔야 하옵니다."

장상하도 북경의 사정을 전했다.

"폐하! 북경의 백성들은 며칠 전부터 대거 피난을 시작했사옵니다. 그리고 황족들도 폐하의 명만 기다리고 있사옵니다."

서태후는 손을 저었다.

"내 심각하게 생각할 터이니 오늘은 그만 물러들 가시오."

공헌이가 두 손을 모았다.

"폐하! 시간이 없사옵니다."

"어허! 알겠으니 그만 물러가라 했소이다."

"예."

대신들은 우르르 물러갔다. 서태후는 대신들이 나가자 손으로 머리를 짚고는 고심했다.

그러던 서태후가 이연영을 불렀다.

"연영은 어디 있느냐?"

이연영이 쪼르르 달려 들어왔다.

“소인 대령했사옵니다.”

“북양대신에게서는 소식이 없느냐?”

“아직까지 아무 전갈도 들어온 것이 없사옵니다.”

서태후가 한숨을 내쉬었다.

“하아! 중신들의 말대로 북양군도 조선군을 막기가 쉽지 않는가 보구나.”

이연영이 조심스럽게 입을 열었다.

“폐하! 아뢰옵기 황공하오나 우리도 이제는 준비해야 하지 않겠사옵니까?”

서태후의 눈이 날카로워졌다.

“너도 피난을 가는 것이 맞다고 보느냐?”

이연영이 급히 몸을 숙였다.

“소인같이 천한 놈이 무엇을 알겠사옵니까? 하오나 황실이 안전해야 백성들도 안심하며 생업에 종사할 수 있다는 것 정도는 알고 있사옵니다. 그리고 백성들이 안정되어야 군도 더 힘을 내서 싸울 수가 있고요.”

“그 말은 맞다.”

“그런데 조선군이 100여 리 밖까지 진군해 왔다고 합니다. 소인이 알기로 100여 리는 순간이옵니다. 깜빡 잘못하다가는 황실이 피난을 못 하게 될 수가 있사옵니다.”

서태후가 고개를 저었다.

“아아! 참으로 답답하구나. 정녕 몽진 이외에는 답이 없단

말인가?"

이 질문에 이연영은 대답을 못 했다. 서태후는 이런저런 생각을 하느라 잠을 한숨도 자지 못했다.

그리고 다음 날.

이른 아침부터 중신들이 태극전에 몰려왔다. 그러나 서태후는 중신들을 한참이나 기다리게 하고서야 몸을 들어냈다.

"태후 폐하를 뵙습니다. 만세, 만세, 만만세!"

서태후가 손을 들었다.

"모두 일어들 나시오."

"황감하옵니다."

내각대학사 공헌이가 나섰다.

"폐하, 전날 주청을 드린 대로 이제는 몽진을 결정하셔야 합니다."

다른 대신들도 줄줄이 동조했다. 주청이 이어졌음에도 서태후는 눈을 감고 아무 말을 하지 않았다.

그러던 그녀가 눈을 떴다.

서태후가 모두를 둘러봤다. 그녀의 시선을 받은 대신들은 하나같이 움찔하며 몸을 사렸다.

"정녕 몽진 이외에는 방법이 없는 것이오?"

군기대신 장지동이 나섰다.

"북경성에 의지해 결사항전하는 방법도 있습니다. 그러나 그 방법은 실패했을 때의 후폭풍이 너무도 엄청나서 감히 시행할 수가 없사옵니다."

공헌이가 다시 나섰다.

"그러하옵니다. 어떠한 경우라도 황실은 안정되게 지켜지고 보호되어야 하옵니다. 그래서 결사항전은 생각해서도 안 되는 일입니다."

"다른 방법이 없다는 거로군요."

"송구하옵니다."

서태후가 결단했다.

"좋소. 몽진을 한다면 어디로 할 것이오?"

대신들의 얼굴이 전부 환해졌다.

내각대학사 공헌이가 급히 나섰다.

"무한이나 서안이 좋을 듯하옵니다."

서태후가 이마를 찌푸렸다.

"그렇게 멀리까지 피신해야 한단 말이오?"

공헌이가 몸을 숙였다.

"송구하오나 조선군의 추격도 생각하지 않을 수 없사옵니다. 그래서 황하는 무조건 넘어야 하고요. 그런 이후에 황실이 편안히 지내기 위해서는 그 정도까지는 내려가는 게 안심이 됩니다."

"여기서 거리가 얼마나 되오?"

"대략 2,000에서 2,500리 정도 되옵니다."

서태후가 기가 막힌 표정을 지었다.

"그렇게 먼 거리를 피난해야 한단 말입니까?"

"황하를 넘는 것까지가 1,500여 리가 되옵니다. 그래서 어쩔 수 없이 그 정도는 몽진을 하셔야 하옵니다."

"……어쩔 수 없지. 알겠소, 그렇게 준비해 주시오."

"현명한 결정을 하셨습니다."

공헌이가 두 손을 모았다.

"그러면 신들은 나가서 폐하와 황실의 몽진 준비를 서두르겠습니다."

"그렇게 하시오."

드디어 서태후의 재가가 떨어졌다. 청국의 대신들은 급히 인사하고는 썰물처럼 빠져나갔다.

서태후가 환관 이연영을 불렀다.

"연영아! 너는 가서 황상이 몽진을 할 수 있도록 태화전의 수령태감에게 알려 주도록 하라. 아울러 동태후 폐하께도 사정을 알려 드리고."

"예, 폐하!"

이연영이 인사하고는 종종걸음으로 태극전을 나갔다. 서태후는 궁녀들에게 귀중품과 금은보화를 챙기도록 지시했다.

피난을 결심한 서태후는 서둘렀다.

피난을 주저하면서 이홍장의 병력이 큰 타격을 입었다는 소식이 다시 날아들었다. 그렇다고 아직 포성이 들릴 정도는 아니었다.

그러나 피난을 결정한 서태후는 그때부터 마음이 누구보다 바빴다.

"어서어서 서둘러라!"

황실이 피난을 떠나기로 했다는 소문이 북경에 돌았다.

이미 많은 고관대작들과 일반 백성들은 피난을 서두르고 있었다. 그러나 황족은 황실의 눈치만 보고 있었다. 그러다 황실 소식이 들리자마자 서둘러서 짐을 꾸려 피난을 시작했다.

북경은 내성과 외성이 있다.

이 중 내성은 만주족만이 거주할 수 있었다. 그래서 피난이 시작되자 만주족들이 쏟아져 나왔다.

청국 황실의 피난 소식이 조선군 본진으로 날아들었다. 손인석이 급히 지휘관회의를 소집했다.

"청국 황실이 북경을 버리고 피난을 떠났다고 한다. 이에 대한 여러분의 의견을 듣고 싶다."

총참모장이 먼저 나섰다.

"우리와 맞싸우고 있는 청군은 1만 명이 채 안 됩니다. 이 병력을 상대하기에는 우리 병력이 너무 많습니다. 그래서 1만 정도의 병력만 남겨 두고 다른 병력은 청국 황실의 뒤를 쫓는 것이 좋을 듯합니다."

다른 지휘관이 나섰다.

"구태여 병력을 나눌 필요가 있겠습니까? 청군에도 분명 청국 황실의 북경 퇴각이 알려져 있을 것입니다. 그러면 가뜩이나 떨어진 사기는 최악이 되었을 것이고요. 그런 청군을 일거에 밀어붙인 뒤에 청국 황실을 뒤쫓아도 늦지 않다고 생각합니다."

두 제안 모두 일리가 있었다.

그 바람에 두 안건을 놓고 잠깐 논쟁이 벌어졌다. 대진은 이런 논쟁에 한발 비껴 나 있었다.

손인석이 대진을 바라봤다.

"이 특보는 다른 의견이 없나?"

대진이 나섰다.

"우리의 입장에서는 구태여 청국 황실을 잡을 필요는 없다는 생각이 듭니다. 그래서 먼저 전방부대를 격멸시키고 북경에 입성하는 것이 좋을 듯합니다."

총참모장이 의문을 가졌다.

"청국 황실의 뒤를 쫓지 않는다는 말인가?"

"당연히 쫓아야지요. 그것도 끝까지 추적하는 것이 좋겠고요."

"그런데 왜 북경부터 입성을 하자는 말인가?"

"우리의 목적은 고토 수복입니다. 그런 의미에서 보면 청국 황실을 추적은 하지만 꼭 잡을 필요는 없지 않겠습니까?"

총참모장이 고개를 갸웃했다.

"그러면 쫓는 시늉만 하자는 말인가?"

"그렇습니다. 북경은 지금 무주공산입니다. 그런 북경에는 자금성을 비롯한 별궁과 수많은 왕부가 산재해 있습니다. 그런 북경을 빨리 접수해서 혼란시기에 발생하는 약탈과 방화를 우선적으로 막아야 합니다. 그러고 나서 청국 황실의 뒤를 쫓아도 늦지 않다고 생각합니다."

모두가 생각에 잠겼다.

대진의 말이 이어졌다.

"해병대와 1군 병력을 막고 있는 북양군의 주력도 곧 청국 황실의 뒤를 쫓을 것입니다. 이런 북양군을 해병대가 추격하면서 무력화한다면 우리에게 두고두고 큰 도움이 될 것입니다."

손인석이 문제를 제기했다.

"청국에는 북양군만 있는 것이 아니잖아?"

"물론 좌종당의 병력도 있고 남양대신의 병력도 있습니다. 그러나 이들 모두 구식 군대를 완전히 탈피하지 못한 병력입니다."

"북양군은 신식 군대이고?"

"제가 조사한 바로는 그렇습니다."

다른 지휘관이 물었다.

"그렇다면 군사훈련도 상당히 받았겠네."

"독일 교관을 초빙해 10여 년의 군사훈련을 받은 것으로 알고 있습니다."

조선 출신 지휘관이 고개를 갸웃했다.

“그 정도면 전투력이 상당히 좋을 터인데. 그런데 어떻게 우리 병력에게 연전연패를 할 수 있는 건가? 아무리 우리 해병대의 전투력이 뛰어나다고 해도 일방적으로 밀리는 것이 이상한 일이잖아.”

“우선은 북양군의 포대를 포격으로 박살 낸 것이 주효했습니다. 그러면서 소문을 낸 것이 큰 효과를 내고 있는 것으로 보입니다.”

“그래도 그렇지.”

대진이 잠깐 정리해서 설명했다.

“청국이 지금과 같은 병력 체제를 구축하게 된 것은 양무운동에 의해서입니다. 그런데 양무운동은 서양 기술을 도입해서 청국 방식으로 발전시키자는 운동입니다. 그래서 동도서기(東道西器)나 중체서용(中體西用)의 정신을 강조하고 있지요. 그런데 이러한 운영 방식은 수많은 문제를 낳고 있습니다.”

총참모장이 부언했다.

“머리와 몸통이 다르게 된 형국이지요.”

“맞습니다. 이홍장의 부대도 마찬가지입니다. 북양군은 독일군사고문단의 도움으로 나름대로 신식 군대로 양성은 되었습니다. 그런데 편제는 동도서기에 따라 구식 체제를 그대로 유지하고 있지요. 그 바람에 엄청난 전력 낭비를 초래하고 있는 중입니다. 더구나 참모 조직이 없어서 지휘관의 독단으로 병력을 비효율적으로 운용하는 문제점도 속속 드러나고 있는 상황입니다."

조선 출신 지휘관이 알아들었다.

"병력은 신식인데 지휘관은 구식이라는 말이구나."

"그렇습니다. 더 큰 문제는 우리처럼 제대로 된 중간지휘관이 없다는 점입니다. 그 바람에 전투가 벌어지면 과거와 같이 장수가 모든 것을 결정하는 형태의 구습의 전투 행태를 되풀이하고 있지요."

손인석도 인정했다.

"맞아. 이번 전쟁을 치르면서 청국군은 단 한 번도 제대로 된 군대라는 인식이 들지 않았어. 과거처럼 그저 무모하게 인해전술과 같은 전술 전략을 쓰는 게 고작이었지."

총참모장도 동조했다.

"맞습니다. 심양전투도 그랬고 당산전투와 지금까지의 크고 작은 전투에서 한 번도 제대로 된 전투력을 보인 적이 없습니다."

대진이 대답했다.

"일본은 실질적으로 군사력에 힘을 쏟게 된 지 10년이 안 되었습니다. 그에 비해 청국은 20여 년이 되었고요. 그런데도 제대로 대응도 못하고 있는 것이 저들이 추진해 온 양무운동의 실상이 허무함을 방증하는 것이지요."

대진의 말에 손인석이 확인했다.

"이 특보가 보기에는 청군의 다른 병력도 똑같다는 거야?"

대진이 단언했다.

"그렇습니다. 아니, 북양군보다 그런 경향이 더 심할 것으로 예상됩니다."

"으음! 그렇다면 추후의 전투도 크게 걱정을 하지 않아도 된다는 말이구나."

대진이 거의 단정을 했다.

"그렇습니다. 우리가 자만하거나, 병력을 방만하게 운영만 하지 않는다면 질 수 없는 전쟁이 될 것입니다."

처음이었다.

일본에서도 그랬지만 대진은 지금까지 누구보다 신중하게 처신해 왔다. 그런 대진이 이번에는 너무도 당당하게 승리를 장담했다.

손인석이 의아해했다.

"이 특보는 늘 신중했다. 그런 이 특보가 이렇게 적을 과소평가하는 경우는 처음이구나. 그것도 전쟁 중에 말이야."

"그만큼 청군의 실상이 허술합니다."

총참모장이 거들었다.

"이 특보의 지적에 동의합니다. 지금까지의 전투 경험을 살펴봐도 부대 단위의 전술 전략이 거의 없다고 해도 무방합니다."

손인석도 동조했다.

"하긴, 내가 봐도 일본군보다 못한 것이 청군이야."

대진이 정리했다.

"그렇습니다. 일본군은 무모하지만 사무라이 돌격이라도 했습니다. 그러나 청군은 독전관의 칼날 때문에 죽지 않으려고 돌격하는 형국이어서 애초부터 상대가 되지 않습니다."

손인석이 대진에게 확인했다.

"이 특보는 먼저 북경을 장악한 뒤 청국 황실을 쫓자는 말이지?"

"그렇습니다."

고개를 끄덕인 대진은 자신의 계획을 설명했다. 계획을 모두 들은 모든 사람은 깜짝 놀랐다.

손인석이 물었다.

"그게 가능할까?"

대진이 확신 어린 어조로 대답했다.

"시간이 중요합니다. 시간만 적당하다면 저는 충분히 가능하다고 생각합니다."

총참모장도 적극 동조했다.

"저도 좋은 생각으로 보입니다. 계획대로만 된다면 청국의 위상을 제대로 깎아내리게 될 것 같습니다."

몇몇의 지휘관들이 적극 동조했다.

그런 지휘관들은 전부가 조선군 출신들이었다. 손인석이 그런 지휘관을 보며 고개를 끄덕였다.

"과거의 불행했던 역사를 바로 세우고 싶다는 말씀이군요."

조선군 출신 지휘관이 대답했다.

"그렇습니다. 우리 조선은 명나라 이래 늘 대륙에 머리를 숙이고 살아왔습니다. 그런 안타까운 역사를 바로 세우기 위해서라도 이 특보의 제안을 총사령관님께서 적극 수용해 주셨으면 합니다."

손인석이 크게 고개를 끄덕였다.

"알겠습니다. 여러분의 바람이 그렇다면 적극 검토해 보겠습니다."

"감사합니다."

손인석이 지시했다.

"자! 그러면 유종의 미를 거두기 위해서라도 전방의 적을 완전히 격멸해 버리도록 합시다."

"예, 알겠습니다."

이날부터 조선군 본진은 위여귀의 청군을 거칠게 밀어붙였다. 이미 황실이 북경을 버렸다는 것이 소문나면서 청군의 사기는 최악이었다.

더구나 연전연패로 몰리고 있는 상황이었다. 그런 청군은 조선군의 압도적인 공세를 하루도 버티지 못하고 완전히 무너져 버렸다.

위여귀의 부대를 궤멸시킨 조선군은 곧바로 북경성에 입

성했다. 놀랍게도 북경성의 모든 성문은 활짝 열려 있었다.

그런 성문으로 만주족과 한족의 피난민들이 인산인해를 이루고 있었다. 이런 피난민들 중에는 서로 먼저 나가려고 싸움을 하는 경우도 있었다.

그런 피난민들은 조선군을 보고는 갖고 있는 짐을 내버리고 사방으로 도망쳤다. 조선군은 이런 피난민들을 가르며 유유히 북경에 입성했다.

북경에 입성한 조선군은 가장 먼저 황성과 자금성, 그리고 각 별궁을 통제했다. 자금성은 청국의 법궁(法宮)으로 황성(皇城)에 둘러싸여 있다.

청나라는 철저하게 만주족과 한족을 분리해서 관리해 왔다. 이런 정책은 북경도 예외가 아니어서 내성에는 만주족만이 거주했다.

그런 내성의 중앙에 황성이 있으며, 그 중심에 자금성이 있다. 그리고 자금성의 옆 인공호수 중남해의 주변과 북쪽에 원명원 등의 별궁이 별도로 자리하고 있다.

대진과 손인석이 통역관을 대동하고 자금성을 찾았다. 자금성으로 들어가기 위해서는 황성 정문인 천안문(天安門)을 지나야 한다.

두 사람이 천안문에 도착하자 청국 환관들이 대기하고 있었다. 황성과 자금성은 먼저 입성한 조선군이 경비하고 있었다.

황성은 청국 황족의 거주지여서 왕부와 저택이 많아 조선

군이 배치되어 있었다. 그러나 자금성 내에는 누구도 들어가지 않는 상황이었다.

청국 환관 1명이 나섰다.

그는 청국식의 예절로 손으로 옷을 털고서 무릎을 꿇었다. 그러고는 두 손을 공손히 모아 머리 위로 올렸다.

"어서 오십시오. 자금성을 지키고 총관태감 연수(延壽)라고 하옵니다."

대진이 답례했다.

"반갑습니다. 나는 조선 왕실의 특별보좌관입니다. 여기 이분은 조선군 총사령관이시지요. 그런데 자금성을 환관들이 지키고 있었습니까?"

연수가 대답했다.

"그렇습니다. 자금성뿐만 아니라 황궁의 왕부와 별궁, 이궁에도 모두 환관들이 남아 있습니다. 그래서 누구도 월담을 하지 못하였습니다."

"다행이군요."

연수가 몸을 돌렸다.

"들어가시지요. 가면서 설명을 드리겠습니다."

"그럽시다."

대진과 손인석이 천안문으로 다가서자 경비를 서고 있던 조선군 무관이 앞으로 나왔다.

"충성! 어서 오십시오."

손인석이 고개를 끄덕였다.

“수고가 많네. 별일 없겠지?”

“예, 그렇습니다.”

“혹시 불순한 의도를 가진 자들은 없었나?”

“다행히 청국 환관들이 경비를 잘하고 있어서 그런 일은 발생하지 않았습니다.”

“다행이구나. 계속 수고해 주게.”

“감사합니다.”

조선군 무관이 소리쳤다.

“천안문의 성문을 열어라!”

거대한 천안문이 열렸다.

천안문은 5개의 성문을 갖고 있었다.

중앙문은 황제가, 좌우의 문는 문관과 무관이 사용한다. 그리고 다른 2개의 문은 하급문관과 무관, 그리고 환관 등이 드나드는 문이다.

대진과 손인석이 무관의 문을 이용했다. 그런데 천안문은 통과하는 데에만 상당한 시간이 걸렸다.

손인석이 놀라워했다.

“성벽의 두께가 대단하구나. 적어도 50미터는 훌쩍 넘겠어.”

대진도 동조했다.

“길이도 그렇지만 폭도 상당하네요.”

“그러게 말이야. 겉에서 볼 때도 규모가 대단했지만 통과

하는 것만 해도 압박감이 대단해."

"그러게 말입니다."

북경의 황성은 좌조우사(左朝右社), 자금성은 전조후침(前朝後寢)의 형식을 갖고 있다. 그래서 천안문을 지나면 좌측에 태묘(太廟)가 우측에 사직단(社稷壇)이 자리하고 있다.

이어서 자금성의 시작을 알리는 단문(端門)이 나온다. 그리고 그 단문을 지나면 비로소 자금성의 정문인 오문(午門)이다.

오문을 지나니 전조(前朝)의 시작인 태화문(太和門)이다. 그리고 전조인 태화전은 중화전, 그리고 보화전과 이어져 있었다.

뒤이어 건청문(乾淸門)이 나왔다.

이 문을 지나면 침전의 권역이다.

대진은 손인석과 함께 환관의 안내를 받아 전조 부분을 샅샅이 둘러봤다. 전조의 모든 전각은 사람을 압도할 정도로 크고 화려했다.

손인석이 연신 감탄했다.

"놀랍구나. 자금성의 내부가 이토록 화려할 줄은 몰랐다. 직접 둘러보니 이 특보가 왜 그런 계획을 하게 되었는지 알겠어."

놀라기는 대진도 마찬가지였다.

"저도 자금성이 이 정도도 화려하고 웅장할 줄은 몰랐습니다."

"이 특보도 자금성을 직접 본 것은 처음이야?"

"그렇습니다. 지금까지 자금성은 이전 시대 사진이나 동영상을 본 것이 전부였습니다. 그때도 화려하고 아름답다고 생각은 했는데 실제로 와 보니 이건 대단하다는 말밖에 할 수가 없을 정도로 화려함의 극치입니다."

손인석이 동조했다.

"맞아. 이전 시대 우리가 보고 들었던 자금성은 고궁박물관으로서의 자금성이었지."

대진이 크게 고개를 끄덕였다.

"맞습니다. 수많은 관광객이 드나드는 박물관이었지요. 그래도 대단했는데 실제로 황제가 사용하고 있는 지금의 자금성은 상상 이상입니다."

"전조가 이 정도면 다른 전각들도 엄청나겠지?"

"침전의 경우는 더 화려하지 않겠습니까?"

두 사람은 우리말로 대화를 나눴다. 그래서 무슨 말인지 모르던 청국 환관이 조심스럽게 나섰다.

"가시지요. 소인이 건천궁과 다른 후삼전도 안내해 드리겠사옵니다."

손인석이 고개를 저었다.

"아니요. 다른 전각은 내가 둘러볼 필요가 없소이다. 특히 후전은 황실의 내전이니만큼 더 그렇지요. 그보다는 사고전서가 보장되어 있다는 문연각(文淵閣)이나 보여 주었으면 좋겠소이다."

청국 환관이 몸을 숙였다.

"소인을 따라오시지요."

문연각은 외조에 속한 문화전의 권역에 속한 전각이었다. 자금성의 모든 전각은 전부 금색 기와로 덮여 있다.

그러나 문연각만큼은 물을 상징하는 검은색 기와로 덮여 있었다. 사고전서(四庫全書)가 수장된 만큼 화재를 예방한다는 의미에서였다.

대진이 문연각을 보며 놀랐다.

"대단합니다. 하나의 문집을 수장하기 위해 이렇게 큰 건물을 세우다니요."

청국 환관이 설명했다.

"사고전서는 하나의 문집이 아닙니다. 강희 황제 폐하 시절 편찬했던 고금도서집성(古今圖書集成)을 수정 보완해서 발간한 총서(叢書)입니다. 내용은 경(經) · 사(史) · 자(子) · 집(集)의 4부로 나뉘어 있으며 모두 3,458종에 7만 9,582권이나 됩니다."

손인석이 고개를 끄덕였다.

"심양의 청나라 황궁의 문소각(文溯閣)에도 똑같은 사고전서가 있더군. 그곳을 봤을 때도 대단하다는 느낌을 받았지. 그래서 이곳 자금성의 서고는 어떤가 해서 보자고 한 거야."

"아! 그러셨군요."

청국 환관이 부언했다.

"이곳에 있는 사고전서가 원본이옵니다."

손인석도 동의했다.

"심양의 환관도 그렇다는 말을 해 주더군."

대진이 눈을 빛냈다.

"그렇다면 이 또한 수집의 대상이군요."

손인석이 크게 웃었다.

"하하하! 그건 이 특보가 알아서 잘 챙기도록 해."

"알겠습니다. 아쉬움을 남기지 않도록 철저하게 신경을 쓰겠습니다."

"이 특보는 잘해 낼 거야."

"감사합니다."

손인석이 환관을 바라봤다.

"우리 두 사람이 앉을 자리가 어디 있을까요?"

"이리 오시지요."

청국 환관이 문연각의 한쪽으로 안내했다. 그곳에는 10여 개의 자리가 마련되어 있었다.

"이곳은 황상께서 독서를 하시다가 대신들을 접견하는 장소입니다."

그러면서 정면의 화려한 의자를 가리켰다. 손인석이 용상의 옆에 있는 자리에 앉으며 권했다.

"모두 자리에 앉으시지요."

대진은 손인석의 옆자리에 앉았다. 그러나 청국 환관들은 누구도 앉으려 하지 않았다.

"소인들은 이렇게 서 있는 것이 좋습니다."

손인석이 한 번 더 권했으나 환관들은 요지부동이었다. 그것을 본 대진이 만류했다.

"그만하시지요. 아무래도 우리가 두렵고 어려울 겁니다. 더구나 이곳은 황제가 대신을 접견하는 자리여서 앉기가 불편하기도 할 것이고요."

그 말에 손인석은 더는 권하지 않았다.

"그렇겠네."

손인석이 연수를 바라봤다.

"총관태감이라고 했소?"

연수가 공손히 몸을 숙였다.

"그렇사옵니다."

"자금성의 환관은 모두 몇 명이지요?"

"본래는 1,600명 정도 됩니다. 그러나 이번 몽진에 절반 이상이 동행하는 바람에 지금은 700명 정도가 남아 있습니다."

대진이 질문했다.

"별궁과 왕부에도 환관이 있습니까?"

"별궁의 규모에 따라 50명에서 100명의 환관이 있습니다. 왕부도 보통 20여 명의 환관이 있지만 지금은 얼마가 남았는지 알 수가 없습니다."

"그대가 모든 환관들을 통솔하고 있는 겁니까?"

연수가 몸을 숙였다.

"본래는 윗분이 몇 명 있으나 모두 황실을 따라갔습니다.

그 바람에 남아 있는 환관들을 제가 통솔하고 있습니다."

"별궁과 왕부도 마찬가지고요?"

"그렇습니다."

"황궁과 자금성, 그리고 별궁과 관련된 서류는 누가 관리합니까?"

환관 1명이 앞으로 나왔다.

"소인이 관리하옵니다."

"자금성과 별궁 등에 있는 재물(財物) 관련 서류도 보관하고 있겠지요?"

"……그러하옵니다."

"자금성과 별궁의 건물 관리 및 영선(營繕)은 누가 담당하고 있지요?"

건장한 환관 몇이 나섰다.

"소인 등이 담당하고 있습니다."

대진은 이어서 몇 가지 항목을 짚었다. 그때마다 담당 환관들이 앞으로 나와서 고개를 숙였다.

대진이 연수에게 확인했다.

"이번에 피난을 떠나면서 청국 황실이 가져간 물품이 주로 무엇이지요?"

"가장 우선적인 것은 대보(大寶)와 국새(國璽)입니다. 거기에는 황태후 폐하 두 분의 대보도 각각 포함되어 있고요. 그리고 태후 폐하와 비빈들의 개인용품과 귀중품 등을 주로 가져

갔습니다."

"황제가 어려서 황제에 대한 물건은 많지 않았겠군요."

"그렇습니다."

대진은 몇 가지를 더 물었다. 그런 질문에 청국 환관은 조금도 숨김없이 대답해 주었다.

대진이 흡족해했다.

"좋습니다. 별도의 명이 있을 때까지 지금처럼 철저하게 관리를 잘해 주세요. 그러면 여러분에게 어떠한 위해도 가하지 않을 것을 약속합니다."

불안해하던 환관들의 표정이 대번에 환해졌다. 환관 연수가 두 손을 모아 쥐며 감사를 표시했다.

"황공하옵니다. 소인들은 아무것도 모르는 환관이옵니다. 그래서 어떠한 주인이라도 잘 모실 수가 있사옵니다. 하오니 무슨 명이든 내려 주시면 견마지로를 다하겠습니다."

대진이 손인석을 바라봤다.

"이 정도의 약속이면 충분할 것 같습니다."

손인석이 환관들에게 경고했다.

"절대 경거망동하지 마시오. 그리로 지금처럼 주어진 임무를 충실히 한다면 여러분의 안전은 조선군 총사령관인 내가 지켜 주겠소."

연수가 대번에 무릎을 꿇었다.

"절대 실망시켜 드리는 일은 없을 것이옵니다."

"필요한 것은 없소? 식량은 부족하지 않소?"

"몇 달 정도는 충분히 먹을 만한 식량이 보관되어 있사옵니다. 단지 날이 더워 보관된 육류가 많이 없는 문제가 있사옵니다."

"그 문제는 바로 해결해 주리다."

"황공하옵니다."

손인석이 한 번 더 경고를 주었다. 그런 뒤 다시 다짐을 받고서 자리에서 일어났다.

"이제부터 황성과 자금성 등의 관리는 여기 있는 이 특보가 담당을 할 것이오. 그러니 그대들은 이 특보의 말을 절대적으로 따라야 할 것이오. 알겠소?"

"명심하겠습니다."

대진이 나섰다.

"오늘은 그만 돌아가시지요."

"그렇게 하자."

연수가 급히 일어났다.

"소인이 모시겠습니다."

두 사람은 연수의 안내를 받으며 걸었다. 그렇게 밖으로 나오면서 손인석이 질문했다.

"언제부터 시작을 할 거야?"

대진이 잠깐 생각했다.

"포로와 마차 등 준비해야 할 것들이 많습니다. 한 달 정도는 시간이 필요할 것 같습니다."

손인석이 크게 고개를 끄덕였다.

"잘되었구나. 그 정도 시간이면 우리가 청국 황실을 황하 너머로 쫓아 버릴 수가 있겠다."

대진이 손인석을 바라봤다.

9장

"총사령관님, 청국 황실을 황하까지만 추적하실 것입니까? 아니면 황하를 건너 추적을 더 하실 것입니까?"

손인석이 싱긋이 웃었다.

"이 특보는 끝까지 추적하는 것이 좋다고 생각하고 있잖아?"

"그렇습니다."

손인석도 동조했다.

"나는 본래 황하까지 추적할 것을 생각했다. 그런데 이 특보가 청국 군대를 평가하는 것을 보고 생각을 바꿨지."

대진이 반색했다.

"황하를 건너 추적을 계속하시겠다는 거로군요."

손인석이 고개를 끄덕였다.

"그래, 이제부터는 청국 황실과 이홍장의 북양군의 뒤를 쫓고 또 쫓아서 황하를 건널 거야. 좌종당의 군대나 남양군의 병력이 몰려오면 지난번처럼 포격으로 예봉을 완전히 꺾어 버릴 것이다. 그런 식으로 공격을 가한다면 청군은 그야말로 오합지졸로 전락하게 될 것이다."

대진도 격하게 찬성했다.

"잘 생각하셨습니다. 이번 기회에 청나라의 병력을 근간을 와해시켜야 합니다. 그래야 종전 협상을 할 때에도 우리가 완전한 우위에 설 수 있습니다. 종전 이후도 편하고요."

손인석이 주먹을 움켜쥐었다.

"맞아. 조선인들의 묵은 원한을 씻어 내기 위해서라도 철저하게 궤멸시킬 생각이야."

대진이 말없이 고개를 끄덕였다.

북경을 빠져나온 청국 황실은 남쪽 방면으로 도주했다. 그런데 문제가 있었다. 청국 황실은 여인들이 대부분이어서 제대로 된 속도가 나지 않았다.

더 큰 문제는 피난민들까지 함께하고 있어서 이동속도가 더디기만 했다. 그렇다고 피난민을 내버리고 갈 수도 없는 상황이었다.

그래서 속도는 지루할 정도로 늦었다.

이홍장의 북양군은 황실의 피난 소식을 접하고는 급히 병력을 물렸다. 그러고는 황실을 호위하기 위해 전력을 다해 뒤를 쫓았다.

조선 해병대는 그런 북양군의 뒤를 꾸준히 압박해 들어갔다. 그러다 본진이 합류하면서 해병대는 마음 놓고 공격을 감행했다.

거의 매일 전투가 벌어졌다.

북양군은 이미 기세를 잃은 상황이었기에 전투는 거의 일방적으로 진행되었다. 조선 해병대는 병력을 적절히 조절해 가면서 공격했다.

그 바람에 추격 속도는 늦춰지지 않으면서 청군에게 피해를 가중시켜 나갔다. 그렇게 보름여를 갉아먹듯이 피해를 입히자 북양군의 숫자는 눈에 띄게 줄어들었다.

이 무렵.

좌종당의 녹영 병력 5만이 황하를 건너기 시작했다는 소식이 들려왔다. 절체절명의 청국으로선 낭보가 아닐 수 없었다.

이홍장과 좌종당은 상극이었다.

이홍장은 바다를 중시했다. 그래서 신장(新疆)을 러시아에 팔아서라도 해군력을 증강하려 했다.

그러나 좌종당은 반대였다.

좌종당은 육군을 중시했으며 신장의 반란을 직접 진압하

기까지 했다. 그런 두 사람이 조선의 북벌 때문에 병력을 이끌고 만나게 된 것이다.

그런데 처지가 정반대가 되었다.

지금까지는 북양대신 이홍장의 위세가 하늘을 찔렀다. 그런 이홍당의 견제로 좌종당은 혁혁한 공을 세웠으면서도 중앙으로 진출하지 못했다.

이홍장은 지금까지 청국 조정의 지원을 제일 많이 받으면서 북양군을 육성해 왔다. 그런데 지금은 자신이 육성한 병력이 지리멸렬하면서 좌종당의 도움을 기다리는 처지가 되었다.

조선군도 이 소식을 전달받았다.

손인석이 급히 지휘관회의를 소집했다.

총참모장이 보고했다.

"섬강총독 좌종당이 드디어 황하를 건넜다는 보고가 들어왔습니다."

장병익이 냉정하게 파악했다.

"5만의 병력이 분명 적은 수는 아닙니다. 그러나 우리는 15만의 병력을 유지하고 있어서 큰 위협이 되지는 않을 것입니다."

2군 사령관 양헌수는 우려했다.

"좌종당의 군대는 신장의 반란을 잠재우면서 10년 이상 전쟁을 치러 온 병력입니다. 그런 병력이라면 조심해야 하지 않겠습니까?"

1군 사령관 이장렴이 확인했다.

"총참모장, 남양대신의 남양군은 지금 어디에 있습니까?"

"지금까지 파악한 바로는 무한(武漢) 방면으로 병력을 이동했습니다."

"아! 대운하를 이용하지 않았다는 말이군요."

"그렇습니다."

이장렴이 단정했다.

"그렇다면 장 사령관님의 말씀대로 좌종당의 병력은 큰 위협이 되지 않을 것 같습니다."

장병익이 다시 나섰다.

"그렇습니다. 그들이 전투 경험이 많다고 해도 상대했던 적은 신장 지역의 독립군에 불과합니다."

총참모장도 거들었다.

"옳은 지적이십니다. 좌종당의 병력은 체계적인 훈련을 받지 않은 적과의 전투 경험이 전부입니다. 그리고 이홍장의 북양군에 비해 무장 상태도 상대적으로 열악합니다. 이 점을 잘 활용한다면 별다른 어려움 없이 물리칠 수가 있을 것입니다."

손인석이 지시했다.

"좋습니다. 우선은 무인정찰기를 최대한 활용해 정찰 활동을 강화해야겠습니다. 그리고 청군 황실에 대한 추격을 지금보다 강력하게 나가는 것이 좋겠습니다. 그리고 이에 대한 세부 계획을 참모부가 빨리 수립해 주게."

총참모장이 대답했다.

"알겠습니다."

조선군 참모들은 밤을 새워 전략을 수립했다. 그런 다음 날부터 조선군의 공세는 이전보다 훨씬 더 강력해졌다.

청국은 이러한 공세에 맞서 최대한 병력을 동원했다. 그러나 연패를 거듭하고 있는 북양군이 조선군을 막는 것은 역부족이었다.

그렇게 며칠의 시간이 흘렀다.

황하를 건넌 좌종당이 드디어 합류했다. 서태후에게 인사를 마친 좌종당이 이홍장을 찾았다.

이홍장은 지금의 상황이 탐탁지 않았다. 그러나 당장 급한 것은 자신이었기에 겉으로는 좌종당을 반갑게 맞았다.

"어서 오시오, 좌 대인."

좌종당이 두 손을 모았다.

"오랜만에 뵙습니다, 이 대인. 그동안 고생이 많았습니다."

이홍장이 씁쓸해했다.

"보시다시피 상황이 좋지 않습니다."

"우리 병력은 신장에서 10년 넘게 전투로 단련되어 왔습니다. 그런 저희가 왔으니 너무 크게 걱정하지 않아도 됩니다."

평상시였다면 바로 반박했을 말이었다. 그러나 지금은 고양이 발이라도 빌려야 할 처지였다.

이홍장이 내심을 숨기며 입을 열었다.

"섬강의 경험 많은 병력이라면 좋은 결과를 얻게 될 것입니다."

좌종당이 자신만만해했다.

"예, 그러니 지금까지 고생한 북양군은 이제 황실 호위에만 전념하셔도 됩니다."

이홍장은 속으로 울컥했다.

함께 힘을 모아 싸워도 조선군을 막을 수 있을지 장담할 수 없는 일이다. 그런데 좌종당은 조선군을 낮춰 보고 자신을 보고 빠지라고 한다.

이전이었다면 그대로 맞받아칠 정도의 치욕스러운 상황이었다. 그러나 자신의 병력이 너무도 지쳐 있는 현실을 자각하지 않을 수 없었다.

이를 악물며 이홍장이 물러섰다.

"좋습니다. 그렇게 하지요."

좌종당이 득의만면해했다.

"잘 생각하셨습니다."

"그런데 조선군이 15만이나 되는데 5만 병력만으로 막을 수가 있겠습니까?"

좌종당이 장담했다.

"그 점은 조금도 걱정하지 마십시오. 우리는 신장 등지에서 산전수전을 다 겪으면서 단련될 대로 단련되었습니다. 조선군이 조금 많기는 하지만 충분히 감당할 수 있습니다."

이홍장이 거듭 우려했다.

"조선군은 결코 쉽게 볼 상대가 아닙니다. 우리가 비록 병력을 나눴지만 조선군을 50만이 넘는 병력으로 상대했습니다. 그럼에도 막아 내지 못한 것이 조선군입니다."

좌종당이 고개를 저었다.

"걱정하지 마십시오. 북양군은 훈련만 받아 온 병력이어서 조선군을 상대하는 데 어려움을 겪었을 것입니다. 그러나 우리 섬강의 병력은 온갖 고난을 다 겪으면서 신장을 수복한 정예입니다."

이홍장은 분명 선의로 우려를 표명했다. 그러나 좌종당은 그런 이홍장의 호의를 조금의 생각도 없이 외면해 버렸다.

이홍장은 내심 이를 갈았다.

그러나 한편으로는 잘된 일이기도 했다. 북양군은 본래 10만이었으나 연패를 거듭하면서 2만이 겨우 넘을 정도로 쪼그라들어 있었기 때문이다.

"……알겠습니다. 우리 북양군은 황실을 모시고 황하를 건너도록 하지요."

좌종당이 크게 웃었다.

"하하하! 그렇게 하십시오."

이홍장이 먼저 일어났다.

"그러면 나는 병력을 수습해야 하니 이만 일어나겠소이다."

"그러십시오."

이홍장은 징집한 병력을 선두로 전부 밀어 넣었다. 그러고는 북양군의 남은 병력을 모조리 뒤로 빼 버렸다.

그렇게 빈자리를 섬강의 병력이 빠르게 치고 들어갔다. 좌종당의 장담대로 섬강 병력은 제법 정예여서 잠시의 빈틈도 보이지 않았다.

그렇게 병력을 교체한 북양군은 청국 황실을 호위하며 황하로 달려 내려갔다.

청국은 그동안 병력 이동이 굼떴었다. 그러나 이번만큼은 유례없이 빠르게 이뤄지면서 조선군이 제대로 대응을 못 했다.

전투는 새로운 국면으로 접어들었다.

섬강의 병력은 좌종당의 장담대로 나름 상당한 전투력을 갖추고 있었다. 그러나 조선군과는 화력 면에서 근본적인 차이를 보였다.

조선군은 실전 경험 면에서도 섬강 병력에 밀리지 않았다. 더구나 마군의 시대를 앞선 전투교리로 훈련받은 조선군의 전투력은 상대를 압도했다.

섬강 병력이 처음에는 선전했다.

그러나 시간이 지날수록 조선군의 강력한 화력과 전투력에 밀리기 시작했다. 그러다 며칠이나마 저지선을 구축했던 섬강 병력도 퇴각할 수밖에 없었다.

이렇듯 양군이 공방전을 벌이고 있을 무렵. 대진은 북경에서 임무를 수행하고 있었다.

대진이 일단의 인력과 함께 자금성을 찾았다. 그리고 가장 먼저 경비하고 있던 대대장을 불렀다.

"어서 오십시오, 특보님."

"별일 없었나?"

"그렇습니다."

"청국 환관들은 어때? 지시에 잘 따르고 있어?"

"그렇기는 합니다. 그런데 자신들의 신분에 대해 많이들 불안해하고 있습니다."

"그들도 듣는 귀가 있어서 청군이 밀리는 것을 모르지는 않겠지."

"식료품을 전달하는 상인들로부터 정보를 입수하고 있습니다. 그런 사정을 알고 있으면서도 일부러 모른 척하고 있고요."

"잘하고 있다. 일부러 알려 주기보다 그런 식으로 정보를 입수해야 더 실감을 하겠지."

"그런데 오늘은 어쩐 일이십니까?"

"본격적으로 작전을 시작하려고 해. 그리고 여기 이분들은 본국에서 오신 교수님과 학자님 들로, 천진에 가서 모셔 왔어."

"아! 그렇습니까?"

대진은 교수와 학자 들을 소개했다. 대대장은 그런 사람들과 반갑게 인사를 나눴다.

"오늘부터 바로 시작하실 겁니까?"

대진이 고개를 저었다.

"우선은 청국 환관을 먼저 만나 보려고 해."

"그들을 포섭하시려고요?"

대진이 고개를 끄덕였다.

"내가 추진하려는 작전에 그들이 도와주면 한결 도움이 될 것 같아서 말이야."

대대장이 우려했다.

"좋은 생각이십니다. 그런데 그들이 쉽게 동조하겠습니까? 그들에게 청국 황실은, 평생을 우러러봐 온 하늘이나 다름없습니다. 그런 청국 황실을 배신하는 일은 결코 쉽지 않을 것입니다."

대진도 알고 있는 사실이었다.

"나도 전부가 넘어올 거라고는 생각지 않아. 그리고 나중을 위해서라도 전부는 필요가 없어. 아니, 너무 많은 숫자가 넘어오면 오히려 짐이 돼."

"그렇기는 합니다만 어떻게 사람을 선별할 수 있겠습니까?"

"그래서 우선은 지도자들을 먼저 만나 보려고 해."

"좋은 생각이십니다. 그러면 제가 자리를 마련해 보겠습니다."

“그렇게 해. 그리고 교수님들이 쉬실 수 있는 자리부터 먼저 만들어 주었으면 좋겠어.”

“이리 오십시오.”

대대장은 황성에 있는 청국 황실 왕부로 교수와 대진을 안내했다. 그러고는 자금성으로 들어가 총관태감 연수를 비롯한 10여 명을 데리고 왔다.

대진이 그들과 마주 앉았다. 그리고 먼저 인사했다.

“한동안 천진을 다녀오느라 자리를 비웠네요. 어떻게, 그동안 잘 지냈습니까?”

총관태감 연수가 두 손을 모았다.

“대인의 배려 덕분에 저희들은 잘 지내고 있사옵니다.”

“다행이군요. 자금성과 별궁의 재물 조사를 성실히 잘해 주셔서 고맙습니다.”

연수가 겸양했다.

“아닙니다. 당연히 해야 할 일을 했을 뿐입니다.”

“내가 왜 여러분에게 철저하게 재물 조사를 시켰는지 짐작은 하고 있겠지요?”

연수의 목소리가 떨렸다.

“그, 그렇기는 합니다만…….”

“예, 맞습니다. 우리는 자금성과 별궁, 그리고 황성의 모든 왕부의 문화재와 각종 귀중품을 모조리 본국으로 이송하려고 합니다.”

모든 환관들이 몸을 떨었다.

재물 조사에 협조했다는 사실만으로도 환관들은 청국 황실이 돌아왔을 때 문제가 된다. 그런데 조선이 자금성과 별궁 등의 귀중품을 가져가면 처벌을 면하기 어려워졌다.

대진은 환관들을 죽 둘러봤다. 그의 눈길을 받은 환관들의 얼굴에는 하나같이 낙담의 그림자가 내려앉아 있었다.

대진이 제안을 했다.

"그래서 나는 여러분에게 기회를 주려고 합니다."

연수가 조심스럽게 입을 열었다.

"무슨 기회를 주려고 하시는지요?"

"우리 조선은 요동 지역에 새로운 황성을 건설할 겁니다. 그 황성은 자금성에 못지않은 규모가 될 것이고요. 그리고 조사한 바에 따르면 승덕(承德)의 피서산장(避暑山莊)에는 환관이 거의 없더군요."

"피서산장은 여름 별궁입니다. 그래서 평상시에는 약간의 병사들이 경비를 서고 있을 뿐입니다."

"예, 그런 까닭으로 우리 입장에서는 상당한 환관 인력이 필요합니다."

대진은 환관들을 둘러봤다.

"그래서 나는 여러분이 우리 일을 도와주면서 우리와 함께 했으면 합니다."

환관 1명이 나섰다.

"전쟁이 끝나면 북경에서 철수합니까?"

"그렇습니다. 우리는 우리의 고토인 만리장성 이북만을 수복하면 됩니다. 그래서 이곳 북경과 직례 등 황하 이북은 청나라에서 배상금을 받으면 철수할 계획입니다."

연수가 고개를 갸웃했다.

"이해가 되지 않습니다. 피를 흘리며 쟁취한 땅을 배상금만 받고 물러난다는 말씀입니까?"

대진은 솔직히 설명했다.

"우리 목적은 점령이 아니라 고토 수복입니다. 이곳 직례는 예전부터 한족의 영역이어서 한족이 대다수입니다. 이런 지역을 통제하는 데 국력을 구태여 낭비할 필요성을 느끼지 못하고 있지요."

"아! 그렇습니까?"

"물론 청나라가 배상금을 주지 않으면 군정을 실시하면서 통치해야겠지요. 그러나 청국에 있어 이 지역은 어디보다 중요한 지역이어서 분명 배상금을 주게 될 겁니다."

연수가 동조했다.

"그 말씀은 맞습니다. 우리 청나라에 북경은 심장이나 마찬가지인 곳입니다."

대진이 연수를 바라봤다.

"그런 북경의 중심이 자금성이지요. 그런데 자금성이 우리에게 샅샅이 정리되고 그걸 도와준 사람들이 여러분이라는 사실이 알려지면 솔직히 살아남기 어려울 겁니다."

그 말에 모든 환관들이 몸을 떨었다.

연수가 씁쓸한 표정을 지었다.

"맞습니다. 세상이 아무리 바뀌어도 우리는 일개 환관에 불과하지요."

다른 환관도 동조했다.

"황실이 아무리 우리를 버리고 갔어도 돌아와서 문제가 생기면 가장 먼저 우리에게 책임을 물을 것입니다."

몇몇의 환관들이 동조하고 나섰다. 그런 환관들의 표정에는 하나같이 어두웠다.

대진이 정리했다.

"그래서 이런 제안을 하는 겁니다."

연수가 질문했다.

"우리 모두가 필요한 겁니까?"

"솔직히 모든 환관이 필요하지는 않습니다. 그러나 여러분이 원한다면 모두 데려갈 생각입니다. 그러나 그렇게 되면 일부는 은퇴해야 하는 상황이 될 수도 있습니다."

연수가 고심했다.

그러다 대진에게 양해를 구했다.

"잠시 논의할 시간을 주셨으면 합니다."

"좋습니다. 여러분의 인생이 걸린 일이니만큼 충분히 논의해 보세요. 그러나 할 일이 많아서 많은 시간을 줄 수는 없습니다."

"알겠습니다."

청국 환관들이 따로 모였다.

연수가 모두를 둘러봤다.

"나는 제안에 찬성을 하고 싶은데 여러분의 의견은 어떻습니까?"

수령태감 중 1명이 나섰다.

"나도 찬성입니다. 그리고 여기 있는 사람의 대부분은 어쩔 수 없이 찬성할 수밖에 없지 않겠습니까?"

다른 수령태감이 나섰다.

"옳은 지적입니다. 황실이 돌아오면 어차피 우리 같은 수령태감들은 조선에 협조한 죄를 무조건 받아야 합니다. 그리고 그런 협조가 자금성의 물건을 넘겨준 죄라면 참수를 당하겠지요."

모든 환관들이 고개를 끄덕였다.

또 다른 태감이 나섰다.

"우리 같은 환관이야 누가 주인이 되든 무슨 상관이겠습니까? 그리고 살기 위해서라도 조선에 협조할 수밖에요. 그런데 우리 모두를 조선이 받아 주지 않는다는 것이 문제입니다. 이 점을 어떻게 해결해야 할지 걱정입니다."

연수가 나섰다.

"별다른 수는 없을 것 같습니다. 우리처럼 나이가 많거나

직책이 있는 사람들을 위주로 조선에 협조합시다. 그리고 나이가 어리거나 많은 분들은 조선에 부탁해서 따로 격리 조치를 취하는 것이 좋을 듯합니다."

"찬성입니다. 처음부터 인원을 분리해 놓아야 합니다. 그래야 황실이 돌아왔을 때에도 면죄부를 줄 수 있을 것입니다."

"옳습니다. 그러면 조선과 함께할 사람과 그러지 않을 사람을 구분하는 작업부터 하지요."

"그러려면 모두들 불러 모아 의견을 들어야 하지 않겠습니까?"

연수가 결정했다.

"당장 사람들부터 불러 모읍시다."

이들의 결정으로 청국 환관들이 모두 불려왔다. 그 자리에서 대표로 연수가 대진의 제안을 설명했다.

놀랍게도 이 제안에 합류하겠다는 환관들이 200명 넘게 나왔다. 그런 환관 중 나이가 많거나 적은 사람들을 정리해 150명을 추렸다.

"……이렇게 해서 정리한 숫자입니다."

대진이 환관 인명록을 훑어봤다.

"대부분 중장년층으로 직책을 받은 분들이군요."

연수가 대답했다.

"대인께서 원활한 작업을 하려면 우리가 도와드리지 않을 수 없습니다. 그렇게 되면 본국 황실이 돌아왔을 때 저희같이 직책을 가진 자들을 절대 용서하지 않을 것입니다."

대진도 인정했다.

"그렇겠지요."

"그리고 조선에 가서도 어느 정도 경륜이 있어야 조선 왕실에도 도움이 되지 않겠습니까? 그래서 나름대로 추리고 추려서 사람을 선정했습니다."

"잘하셨습니다. 기왕이면 우리 왕실에도 도움이 되는 분들이 좋겠지요."

"예, 그리고 우리는 황실 예법에 누구보다 밝습니다. 그래서 조선이 칭제건원을 할 때에도 나름대로 도움이 될 것입니다."

그 말에 대진이 흠칫했다.

"우리 조선이 칭제건원을 할 거라고 생각하십니까?"

연수가 어리둥절한 표정을 지었다.

"그거야 당연한 일 아닙니까? 대륙 최고의 나라인 청국을 꺾은 조선입니다. 소인이 알기로 일본에도 압도적으로 승리했고요. 그리고 무엇보다 대륙의 북방을 얻게 된 조선인데 당연히 칭제건원을 해야지요."

대진은 선선히 동의했다.

"맞는 말입니다. 이번에 자금성의 물건을 이송하려는 까닭도 새로운 황성을 건설하는 데 사용하려는 겁니다."

연수가 몸을 낮췄다.

"그러한 일을 하시는 데 저희같이 경험 많은 환관들의 쓰임이 많을 것입니다. 그리고 부탁을 드리고 싶은 일이 하나 있습니다."

"말씀해 보시지요. 들어드릴 수 있는 일이라면 꼭 들어드리지요."

"저희가 비록 환관이라고 해도 가족이 있습니다. 그래서 청국과 협상하실 때 저희 가족들을 불러 주셨으면 하옵니다."

"결혼하신 것입니까?"

연수가 고개를 저었다.

"아닙니다. 조선의 환관은 결혼할 수 있다고 들었지만 저희들은 그러지 못합니다."

"아! 그렇군요."

대진이 즉석에서 승인했다.

"좋습니다. 그대들의 가족이 조선으로 귀화하는 조건을 받아들인다면 전부 받아들이지요."

연수가 두 손을 모았다.

"감사합니다. 저희 가족들은 어차피 이곳에서 살아가기 어렵습니다. 그렇기 때문에 조선에 귀화하는 것을 누구도 거부하지 않을 것입니다."

"그러면 세부 일정을 논의해 봅시다."

"알겠습니다."

청국 환관들은 대진에게서 자신들이 원하는 답을 들었다.

그런 청국 환관들은 이때부터 열정적으로 작업에 참여했다.

다음 날부터 작업이 시작되었다.

조선에서 온 교수들과 학자들은 이들의 도움을 받아 본격적인 작업을 시작했다. 마음들이 바뀌어서인지 청국 환관들은 진심을 다하기 시작했다.

덕분에 작업은 순조롭게 진행되었다.

대진은 거의 매일 자금성을 찾았다. 그런 대진을 경비대대장은 늘 직접 나와서 안내를 했다.

그러던 어느 날.

경비대대장이 질문했다.

"자금성에 있는 물건들이 예술품에 가까운 것은 사실입니다. 그런데 그런 것들을 새로 건설되는 황궁에 비치할 필요가 있겠습니까?"

대진이 설명했다.

"자금성에는 명나라 때부터 물려 내려온 물건들도 상당히 많아. 더구나 역대 청나라 황제들은 자금성의 관리에 공을 들여왔지. 그래서 청나라 황실은 자금성에 대한 자부심이 상당하지. 나는 그런 저들의 자존심을 눌러 버리기 위해 이번 일을 기획한 거야."

"아!"

"생각해 봐. 자신들이 애지중지하던 황실 물건들이 우리

왕실, 아니 앞으로 황실이 되겠지. 우리 황실에서 전리품으로 사용되고 있다면 얼마나 자존심이 상하겠어."

"거꾸로 절치부심할 수도 있지 않겠습니까?"

대진이 피식 웃었다.

"청나라가 절치부심해 봐야 거기서 거기지. 뭐가 달라지겠어. 아니, 절치부심하다가 도발하면 우리에게는 더 좋아. 그때는 지금보다 더 확실하게 밟아 주면 될 터이니 말이야. 그리고 이제부터는 도발하는 것도 쉽지가 않아."

"왜 그렇습니까?"

"대대장은 이번에 만리장성이 우리의 권역으로 들어갈 거란 말을 들었지?"

"그렇습니다."

"앞으로 청나라가 우리에게 도전하려면 만리장성부터 넘어야 할 거야. 그런데 지금의 청나라의 군사력으로는 만리장성을 넘는 일이 결코 쉽지가 않아."

대대장도 인정했다.

"맞습니다. 말만 들었던 산해관을 직접 보니 상상 이상이었습니다."

"그래, 그런 산해관을 우리 군이 지키고 있다면 말 그대로 난공불락의 요새가 될 거야."

대대장도 마군 출신이다. 그래서 대진이 하는 말을 누구보다 잘 이해하고 있었다.

"맞습니다. 현대화된 무기를 갖고도 만리장성을 넘는 일은 결코 쉽지 않을 것입니다."

"그래, 그리고 청국과의 종전 협상을 하면서 비무장지대도 설정할 거야."

"만리장성을 기준으로 말입니까?"

"그렇지. 만리장성 전방에 4킬로미터의 비무장지대가 설정되는 거야. 그리고 우리 경험대로 철저하게 관리할 것이고."

"남북한의 비무장지대처럼 말씀이지요?"

"그래."

대대장이 제안했다.

"그러면 청나라 방면에 철조망이나 철책으로 국경선을 설정하도록 조치해야겠습니다. 아마도 청나라는 우리가 불안해서라도 자발적으로 그렇게 할 것입니다."

대진은 흔쾌히 동의했다.

"그거 아주 좋은 생각이다. 알았어. 종전 협상을 하게 되면 그렇게 하도록 만들어 봐야겠다."

두 사람은 서로를 보며 환하게 웃었다.

이렇게 자금성에서 보물 이송 작업이 본격적으로 시작할 무렵.

조선군은 드디어 황하까지 진출했다.

손인석은 10여 명의 지휘관들과 함께 황하의 둑으로 올라갔

다. 황하는 바닥은 땅보다 높아서 둑이 상당히 크고 높았다.

손인석이 누런 황하를 바라봤다.

다음 권으로 이어집니다